『遠いうねり』

なんとなく、ひどく複雑な心境で、ヨナは、ついにたどりついた憧れの地ヤガを見下ろしていた。(218ページ参照)

ハヤカワ文庫JA
〈JA957〉

グイン・サーガ⑫⑦

遠いうねり

栗本　薫

早川書房
6485

THE SINISTER SURGE

by

Kaoru Kurimoto

2009

カバー／口絵／插絵

丹野　忍

目次

おそるべき暗い、悪しき力を秘めた遠いうねりが四方八方からおとずれようとしつつあるとき、われわれにいったい何が出来ようか。われわれに出来ることはただ祈ることだけだ。だからこそ、いまこそミロクの降臨を念じて、みな聖地ヤガに集結すべきときであるのだ。

超越大師ヤロールの演説より

〔草原地方 - 沿海州〕

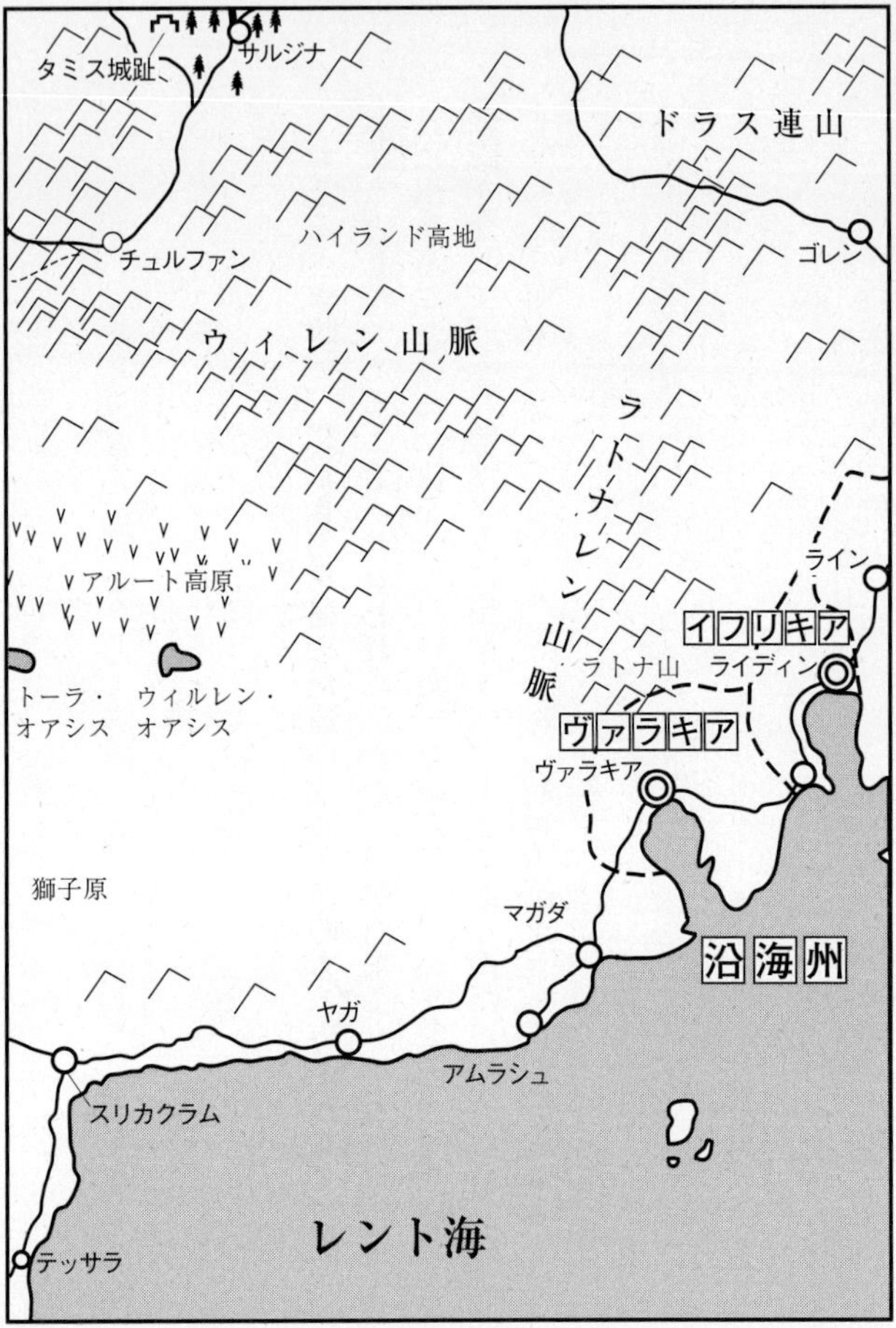
タミス城趾
サルジナ
ドラス連山
ハイランド高地
チュルファン
ゴレン
ウィレン山脈
ラトナレン山脈
ライン
イフリキア
アルート高原
ラトナ山
ライディン
トーラ・
オアシス
ウィルレン・
オアシス
ヴァラキア
ヴァラキア
獅子原
マガダ
沿海州
ヤガ
アムラシュ
スリカクラム
レント海
テッサラ

〔草原地方〕

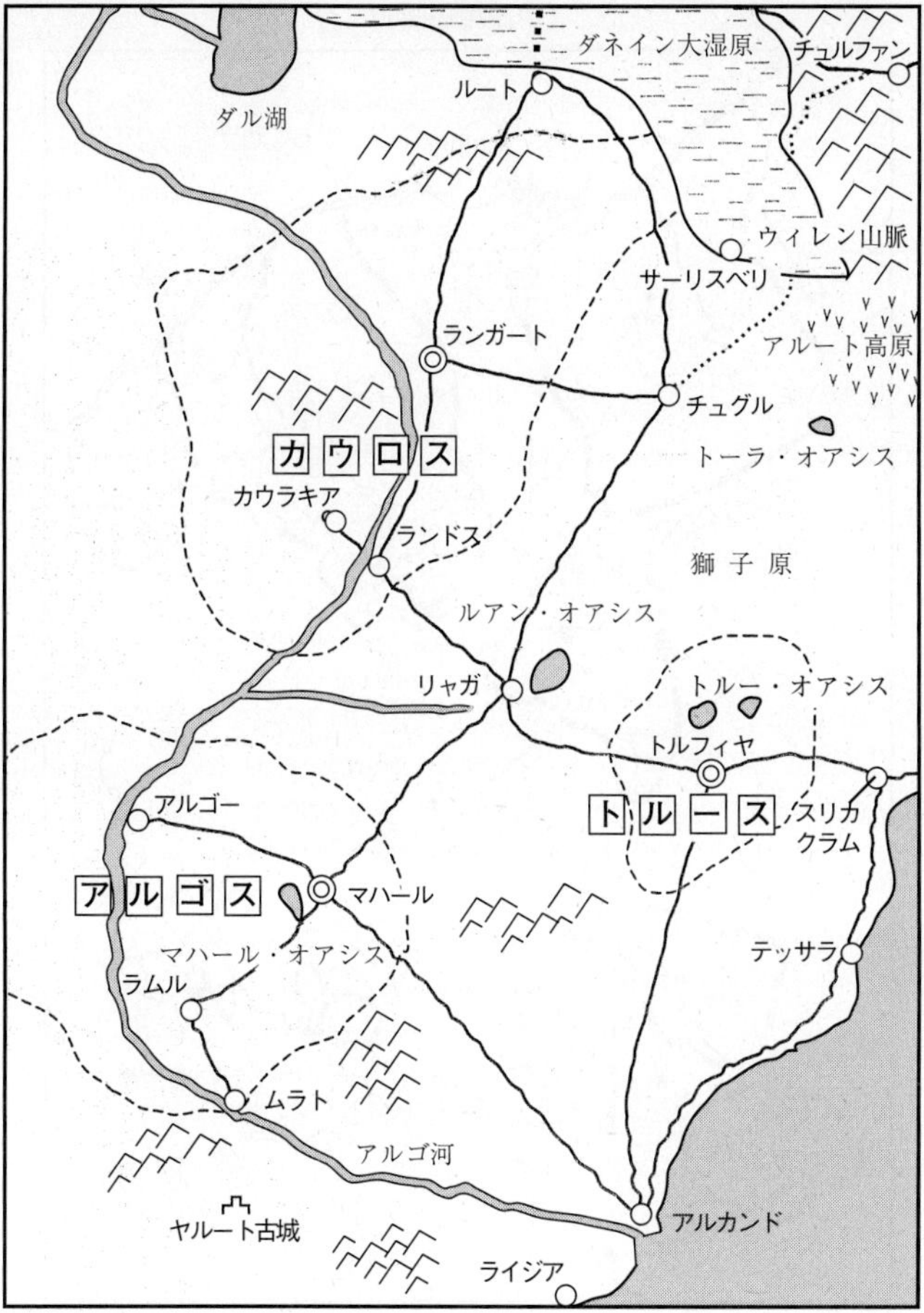
ダル湖
ダネイン大湿原
チュルファン
ルート
ウィレン山脈
サーリスベリ
アルート高原
ランガート
チュグル
トーラ・オアシス
カウロス
カウラキア
ランドス
獅子原
ルアン・オアシス
リャガ
トルー・オアシス
トルフィヤ
トルース
スリカクラム
アルゴー
アルゴス
マハール
マハール・オアシス
テッサラ
ラムル
ムラト
アルゴ河
ヤルート古城
アルカンド
ライジア

〔中原周辺図〕

ナタール川
ノスフェラス
ヴァーラス湖沼地帯
ナタール大森林
ギーラ湖
ケス河
ナタリ湖
サイロン
ユラニア
トーラス
ケイロニア
ノルン海
アルセイス
ゴーラ
ロス
モンゴール
クム
リーラ川
カムイ湖
タリア
タリア
ワルド山脈
中原
ルーアン
イーラ湖
クリスタル
オロイ湖
アルムト
パロ
アルーンの森
カラヴィア
サルジナ
ダル湖
ダネイン大湿原
ドラス連山
ハイランド高地
ウル山脈
カムリ岬
ルート
ラトナ山脈
ウィレン山脈
レント山脈
アグラーヤ
サーリスベリ
ランガート
アルート高原
カウロス
獅子原
ライゴール
レンティア
草原地方
トラキア自治領
トルース
リャガ
ヤガ
イフリキア
マハール
トルフィヤ
ヴァラキア
アルゴス
沿海州
アルカンド
アルゴ河
レント海

遠いうねり

登場人物

ヴァレリウス……………………パロ宰相。上級魔道師
リンダ……………………………パロ聖女王
バラン……………………………一級魔道師
ドルニウス………………………上級魔道師
サリウ……………………………下級魔道師
メルキウス………………………ケイロニア金犬騎士団准将
イシュトヴァーン………………ゴーラ王
ヨナ………………………………パロ王立学問所の教授
スカール…………………………アルゴスの黒太子
ドウシュ…………………………ドウシュの店の店主
イオ・ハイオン…………………ヤガの商人

第一話　疾病

1

ヴァレリウスは、くちびるをかんで、黙り込んでいた。

（これは……どうしたものか……）

イシュトヴァーンは激しく追及した。

「ここに、そのガキがいるんだろ。フロリーもいるんだろ。会わせてくれ。いますぐ渡せとか云ってるわけじゃねえ。とにかく、まず、俺にその子とその子の母親に会わせてくれ。俺の頼みはそれだけだ。それだけは、どうしても、譲れねえんだ！」

イシュトヴァーンの激しい追及が、ついにヴァレリウスの前に炸裂した、というような思いが――（とうとう、それを云われてしまった）という思いが、ヴァレリウスをとらえている。

ヴァレリウスは、「なぜ黙っている」と激しくイシュトヴァーンになじられたにもかかわらず、きっと唇をひき結んで、黙りこくってうつむいているばかりだった。

イシュトヴァーンは、ひどくもどかしそうにそのヴァレリウスをにらみつけた。出来ることなら——このような場所でなければ、ヴァレリウスの痩せた小さなからだをひっつかんでゆさぶり、ふりまわしてやりたい、というような獰猛な目だ。

「フロリーは、たった一度俺に抱かれただけでガキをはらんで、でもってそれを、ひとりで産み落として健気にも女手ひとつで育ててたそうじゃねえか。——でもって、そのガキってのが、なかなか立派な男の子で——いま、だから、二歳か三歳くらいになるわけだよな。その子をつれて、フロリーがパロに頼ってきたんだ、っていう——これは、確かなスジから聞いたことだから、否定はしてもらうまい。というか、出来ねえよな。これほどはっきりしてるんだからな」

「もうひとり男の子がいる、なんてきいたら、俺としちゃ、黙っちゃいられねえんだ。まして、それが、縁もゆかりもねえパロで育てられるなんてことになるんだったら、どうしてそうなるんだ？　俺が引き取って、育ててやるのが当然のスジじゃねえか、だって俺の子なんだから、という——そういうことになるだろうが、当然」

火を噴くようなイシュトヴァーンの舌鋒に言い立てられて、ヴァレリウスはひたすら黙っている。

もっとも、本来なら、その程度の舌戦にひけをとるようなヴァレリウスではなかった。

それに、あれこれとほかの要因を考えなくてはならぬ、公式の、ほかの大臣、重臣、はてはゴーラの遠征軍幹部たちも居流れているような席、というわけではない。イシュトヴァーンは、「きわめて個人的に」会談をお願いしたい、という言い方でもって、ヴァレリウスに、宰相の執務室で二人きりで会って話したい、と申し入れてきたのだ。

そのときからもう、はっきりと、イシュトヴァーンがいずれこの話を持ち出すだろうことはわかっていたし、それに対してある程度、どう答えるかのもくろみも出来ていた。それにどちらかといえば、舌先三寸の徒であるのは魔道師であるヴァレリウスのほうだ。イシュトヴァーンのほうは、いざとなれば火のように語りはしても、じっさいには語彙も乏しいし教育も受けていない。そういう意味では、たかだかイシュトヴァーンとの舌戦に負ける気は、ヴァレリウスにはしない。

だが、ヴァレリウスは黙り込んでいた——彼には彼なりの、ちょっとした考えがあったのだ。

とも知ってか知らずか、イシュトヴァーンは、ヴァレリウスが強情に沈黙を続けていることに、しだいにやっきになったように見えた。

「なあ、この二つの点についてだけは、リンダに求婚するのどうの、って話とはわけが違う、云ってみりゃあごくごくあたりまえな、理性的な話だと俺は思うぞ。ヨナは俺の旧友で、幼な馴染みのヴァラキアの同郷人だ。せっかくそれがつとめてるところにやってきて、旧友に会わせろ、というののどこが悪い。ごくごく、あんたの好きなろんりてき……論理的な話だろ？　もうひとつ、フロリーとガキの話だってそうだ。フロリーはまだしも、ガキについちゃ、間違いなく俺の子だ、ってことはあんたは確信してるわけだろう。というかフロリーはそう云ったんだろう。だったら、実の父親であるこの俺が、そのガキを迎えにきたところで何がおかしいってんだ？　むしろ、迎えにこねえ、っていってパロから文句をいってくるくらいのほうが、当り前なんじゃねえのか。俺ぁそう思うぜ――むしろ、パロが養育費だの、そういうもんを請求してきたり、早く引き取ってくれ、ってこれまでまったく云ってこなかったのはどういう意味だろう、なぜなんだろう、って思うぜ。だが、いまはまだそこまでは云うまい。あんたらのほうにだって、いろいろ事情もありゃ、また俺がこうやっていきなりやってくるとは思ってもみなかったんだろうからな。だけど、それとは別に――だから、とにかく、俺の言い分は何も間違っちゃいねえだろう。俺は実の親父なんだから、とにかくガキに会わせるだけ、会わせてくれ、っていうさ。その、どこが理にかなってねえっていうんだ？　当然な話だろう？　これ以上、当り前な話なんか、ねえんじゃねえのか？　それとも……」

イシュトヴァーンは手をのばして、机の上に出されていた供応のカラム水の盃をとり、ごくりと飲みほした。

「それともこれまでなんで迎えにこなかったのか、っていうのか？　そりゃしょうがねえだろう。俺はついこないだまで、そんなガキがいること、フロリーが俺の子をはらんで、生んだ、なんてことは何ひとつ知らなかったんだ。——はじめて聞いて、そりゃあぶったまげたぜ。だが、同時に、少し嬉しかったんだ。——はっきり、云っとくがな、ヴァレリウス」

イシュトヴァーンは、鋭い、射抜くような目でヴァレリウスをにらんだ。ヴァレリウスは、いくぶんまばたきしたが、鼻白んだり、怯えたりしたようすはなかった。

「俺は、いまさらフロリーとよりを戻そう、なんて思っちゃいねえぜ。だから、こういったらなにかもしれねえが、リンダのことと、フロリーとそのガキのことは、はっきりと別だと思って欲しいんだ。——リンダがどう思うかは知らねえけどな。もしかしたら、あいつも世間知らずだからよ……っていったらあんたらの大事な女王様にケチをつけてると思われて怒られるかもしれねえが、世間知らずにゃ違いねえからな。イヤーッ、不潔、だとか、そんなことするなんて、最低な男だとか思うかもしれねえけど、云っちゃ何だがそれは俺とリンダの問題だと思うし、俺はリンダを説き伏せる自信はある。あんただって男だったら、わかるだろう、ヴァレリウス宰相」

「………」

やはり、ヴァレリウスは口を開かない。じっと黙ってうつむいている。だが、じっさいには、ヴァレリウスは、そうして喋らせておくことで、おのれがこれまで喉から手が出るほど知りたかったさまざまな事実を、イシュトヴァーンが何も知らずべらべらと喋ってしまうのをじっと待ち伏せていたのだった。ことに「フロリーといまさらよりを戻す気はない」というイシュトヴァーンの言葉こそ、ヴァレリウスがもっとも聞き出したかったものだったのだ。

「あれぁ一夜のあやまちだったんだ」

イシュトヴァーンは、そのヴァレリウスの思いに気付いているのか、いないのか、きっぱりと、力をこめて言い切った。

「もしあのあと、あのままあの女が金蠍宮にとどまっていたとしたって、俺はあのむすめを続けて抱いたり、てめえの妾にしたりってことはなかったと思うぞ。一度ついつい手出ししちまったのは、まああのときはいろいろあってカッとしたり――むらむらしたり――っていうよりか、寂しかったり、頭がかーっとしておかしくなってたりな。あんただって男ならわかるだろう、ヴァレリウス」

もう一度、イシュトヴァーンは云った。ヴァレリウスは素知らぬ顔をしていて、おのれの男性性については、まったくなにひとつ言及されたことなどないような顔をしていた。

「それに、あの娘《こ》が、俺を好きだって、告白してくれてよ。――まんざら、嫌いな娘じゃなかったし、可愛い清純なおとなしい女だとずっと思ってたしな。正直、俺の嫁さんにした女とはずいぶんと気立てが違う。本当はあのほうがずっと好みだと俺は思ってたからな。だが、好みだと思ったからって、そのほうがいいと思ったわけじゃねえ。それだってわかるだろう――よくあるこった。結婚が決まってからだって、男は、可愛いのに『あなたが好きよ』なんて云われたら、ぐらぐらっとくる可能性だってある、そうだろう？　まして、ああいう清純でおぼこいのが、『お慕い申し上げております、イシュトヴァーンさま！』なんてよ、胸によよとすがってきたら……そりゃもう、男たるもの、ついつい抱きしめちゃうだろ？　だが、それだけのことだよ。本当に」

「さあ……どうだか、私は存じませんが……そういう経験はまったくございませんので」

ヴァレリウスはようやく口をきいた。だが、その返答は、イシュトヴァーンを納得させるものとは程遠かった。そもそもヴァレリウス当人にとっても、イシュトヴァーンのいう「そのような状況」はあまりに縁がなさすぎて、想像もつかないようなものだったのだ。

「私は、女性にあまり、陛下のようにもてるという体質ではございませんので。ましてもとが魔道師でございますから、身を清浄に保つのが義務と習練の一部になっておりますす。女性とは、あまりその……本来魔道師のままでいれば、生涯独身が原則でございますから……名実ともに、でございますよ」

「へぇえ」

この話にイシュトヴァーンはかなり興味をそそられたので思わず脱線せずにはいられなかった。

「そうなのか？　魔道師ってのは、なんてんだ……女とまぐわっちゃいけねえのか？　結婚しちゃいけねえ、ってことか？　それとも、ただナニすることもいけねえのか？」

「結婚は論外ですね」

むっつりとヴァレリウスは答えた。

「しかし、基本的には、位の高い魔道師であればあるほど、清浄潔白、不犯《ふぼん》をもって貴しとされます。下級魔道師、かけだしの魔道師など、まして野良の、と申しますか、魔道師ギルドにも入っていないような連中でございましたら、好き放題するものもあれば、妻帯しているものもございますが、大導師クラスになったもので、まず、清浄不犯のおきてを破るようなものはおりません」

「ふ——ふぼん、ってなんだ？」

イシュトヴァーンはちょっと目を白黒させて聞いた。ヴァレリウスは瘦せた肩をすくめた。

「女性と交わらぬ、ということでございますよ」

「げえ」

明らかに、そのような事態、というのはイシュトヴァーンにとってはとてつもないことに思われたらしく、イシュトヴァーンはごしごしとおのれの顔を掌でこすった。それから、興味津々でたずねた。

「女性と交わらねえって……じゃあ、野郎とはヤッてもいいってことか？　衆道《しゅどう》とか、そういうのはいいのか？　そういえば、前に、ジェニュアの坊主たちは、女色は禁じられてるが、男色はいいんだってきいてえらく笑ったことがあったけどな！　いや、まだ俺がチチアにいた遠い昔だよ。ヴァラキアで聞いたうわさなんだから、本当とかけはなれてたって、勘弁してほしいけどな」

「さようでございますな……」

ヴァレリウスはちょっと困惑してあごを撫でた。

「基本的には、女性と、という意味ではなく、それは『ひとと性的なまじわりを行わない』ということであるかと思われます。少なくとも、私はそのように習いました」

「げー」

イシュトヴァーンはさらに荒い鼻息を吹いた。

「ひととまじわら……って、んじゃ、まさか、動物とならいいってか？——冗談だってば。んだよ、そんな怖い顔すんなよ。ただの冗談じゃねえか」

「魔道師には冗談は通じませんので」

　ヴァレリウスは眉をしかめて云った。

「むろん動物と交わるなどもっての外で、もしもそのようなタブーを犯した魔道師がおりましたら、ただちにギルド追放、魔道師の資格剝奪、さらにはすべての魔道師関係の集まりから永久追放ということになりましょう。魔力そのものを失うように大導師がはからうこともございます。——人間と交わってしまった場合には、そこまでの禁忌はございません。ただ、これは慣例により禁じられているだけで、伝説の大魔道師のなかにも、親しくしていた女性のいるケースもございました。しかし、基本的には、ひとに心をかけ、からだを交わることは、魔道師の魔力を著しくそぐ、とされております。——もちろん、その魔道師が恋愛によって心まどい、修行がおろそかになる、ということもございますが……それにもまして、魔道を修得する、という最終的な目的よりも重大な目的が出来てしまったことで、その魔道師が魔力を発揮するために必要な精神集中を出来なくなるのが最大のさまたげと云われております。従って、魔道師として成功をおさめたい者は決して生涯ひとと交わらず、清廉な一生を送ることが多いとされております」

「へええっ……はじめて聞いたけど、魔道師って、すげえことをするんだな」

　イシュトヴァーンはからかうように、だが案外本気に興味をそそられて云った。

「じゃあさあ、じゃあ、だよ、ヴァレリウス宰相、あんたももしかして、まだ……」

「私のことは御心配には及びません」

冷ややかにヴァレリウスは答えた。そんな重大な個人的な秘密をイシュトヴァーン如きにあかすつもりはまったくなかったのだ。

「それにパロでは、魔道師のみならず、ジェニュアの大司教、祭司長、予言者たちもまた、出来る範囲での清浄な生活を旨とするよう、すすめられております。――クムのあの淫蕩な神々とは違うのです。ヤヌス十二神教団の教えは、人間はその清浄ならんがための努力によって神々に近づくのだ、ということを教えておりますから」

「なんだかわかんねえけど、ええ面倒くせえな。まあ、その話は興味あるから、あとでまた聞かせてほしい気もするけどな」

イシュトヴァーンは云った。そしてぼりぼりとあごをかいた。

「話がすっかり脱線しちまったけどな、もとに戻させてもらうよ。とにかく俺は、だから、フロリーに会いたい。フロリーに会って、本当にそのガキは俺のタネなのかどうか確かめたいし、そのガキも見て、本当に俺の子だ、確かにこりゃああの晩俺がフロリーを一回こっきり抱いたから奴がはらんだ俺のタネだ、とわかったら、そりゃあ、父親としての責任をとってさ。そのガキの父親にふさわしい行動をしたいと思うんだよ。だからって――話を戻すけど、フロリーを一緒に引き取るってつもりはねえよ。そんなことしたら大変だ――まあもう、アムネリスはいねえけど、まあ云ってみれば俺のふ――ふ

——不行跡の証拠みてえなもんだろ。ま－たカメロンに叱られちまわあ。それに、俺ももう、いまんとこは……リンダ陛下に求婚するのが手一杯で、とてものことに昔ちょっとチョッカイかましたことのある女の責任までとれねえよ。——いや、その結果についちゃ責任とるけどな。いま、またフロリーを側女《そばめ》に迎えろって云われても、困るよ。俺は——それは誤解されねえようにいっとくと、全然側女とか妾とかそういうんじゃねえけど、身辺の世話をしてくれる女はいるし——あ、女たって、ばあやみてえなもんだぜ。俺はちっとも女だと思ってねえし。俺がそいつと何の関係も持ってねえことは、俺の小姓どもが一番よく知ってる。俺はもう長いこと、誰か女を俺の寝台に入れて一緒に朝を迎えたことなんかねえんだ。正直いって、それどころじゃなかったしよ」

イシュトヴァーンは期せずして本音を吐いた。

「とにかくいくさ、いくさでいくさ続きだっただろ？　おまけにグインの野郎に刺されて大怪我したり、その療養をずっとしなくちゃならなかったりさ。——遠征して、野戦の夜営をしてるか、ほうほうのていでイシュタールに戻って怪我が治るまでおとなしくしてるか、どっちにせよ、本当いうとなァ、俺はもともと、そんなに女好きってわけじゃねえんだ。信じてくれねえかもしれないけどな、ヴァレリウス。俺は、助平なんざ、一年でも二年でもしねえままで生きてゆけるんだよ、本当だよ」

「………」

ヴァレリウスは用心深く、この発言に何も感想をさしはさもうとはしなかった。

イシュトヴァーンは、その沈黙を、ヴァレリウスに疑われている、と感じたように、やっきになった。

「本当だってのに。――大体、俺あもう、十代のあいだに、やるだけのこたあやりつくしてきちまったんだな。そりゃもう、十一のときから男を知り、十二のときにゃはじめて女を抱いて、それからというもの、どっちも千人斬りじゃあすまねえくらい、あそんだからな。――いや、遊んだっていうよりか、まあ半分仕事だったけどな、それは。だから、そのおかげでもうすっかり飽きちまった。おかげで、いま俺くらい、真面目な国王ってないぜ。もう、二度と放埒はごめんだ、って思うんだ。放埒、っていうんだよな。やたらめったら妾手かけを宮廷にいれたりさ。そういうことのおかげでどれだけ宮廷が乱れるか知れねえと思うし――いまの俺にとっちゃ必要なのは、しょ――生涯の伴侶ってやつだけなんだ」

「………」

思わず、ヴァレリウスは噴き出しそうになったのをあやうくこらえた。

イシュトヴァーンは、そのヴァレリウスの気配を悟って、やや眉根をよせながらヴァレリウスを眺めた。

「まーだ、本気にしてねえんだな」

不服そうにイシュトヴァーンは云った。

「本当だってのに。アムネリスとの結婚生活は、俺のこれまでにやった最大の間違いのひとつだった。あいつは俺の生活をえらく不幸なもんにしてくれたし――それに、俺も結局あいつを不幸にしちまった。やっぱり、結婚なんてもなあ、愛情があってやらなくちゃどうにもなるもんじゃねえな、なあ、ヴァレリウス」

「さあ、私は申し上げたとおり、結婚したことがございませんので……」

「べつだん、お前さんがリンダに――いや、リンダさまに告げ口するだろうと思って、いい子ぶりっこをしてるわけじゃねえぜ」

イシュトヴァーンはしかめっ面をしてみせた。

「本当に、はっきりいって――もう、一夜だけ抱いた女なんざ、正直顔も忘れっちまった。地味な女だったしな、もともと――確かにあんときゃ、俺も若かったからさ。だから、お慕い申し上げております、イシュトヴァーン様、とかとりすがられて、いい気になってたんだよ。それは認めるよ……本当に、俺はあんときゃ、とことんバカな、悪い、駄目な男だったと思うけどな。若気の至りってやつかな。――だけど、いまは違う」

「……」

「リンダ一筋だ、とかそういう話をしてるわけじゃねえ。いまは、もっとずっとものごとを、あのころより真面目に考えてるんだ、って話をしてんだ。お前さんにとっちゃ、不愉快な話かもしれねえが、ナリスさまのことだってそうだ。もしいまの俺なら——あんなふうに、黒魔道師に簡単にとっつかれるようなこたあしねえ。でもって、あんなふうにナリスさまを拉致ってひきまわして、揚句あんなことにしてしまうような考えなしなことはしねえと思う。それだけは確かに云える——俺だって、何年かたちゃ、その分知恵もつくし大人にだってなるんだ。特に、いまの俺は、ゴーラ王として、すごく真面目にやらなくちゃと思ってる。このしばらく、とにかく俺のやることは無茶苦茶だったからな」

「………」

ヴァレリウスは、さすがにこのイシュトヴァーンの詠嘆には、いささか意外の感をいなめずに、思わず顔をあげてじっとイシュトヴァーンを見つめた。イシュトヴァーンが、そんな心境の変化まで、率直にヴァレリウスにまで洩らすだろうとは、予測もしていなかったのだ。

イシュトヴァーンの目は、だが、ごく真剣に正面を見つめて、自分の内部をのぞきこんででもいるかのようだった。

「まあ、いろんなことが若気の至りだったさ。すべてはその結果だ。——フロリーのことも……フロリーを抱いちまって、まあ、フロリーの一生を台無しにしちまったこともそうだし、その結果ガキが出来たことも長年知らずにいたってのもそうだし……それに、アムネリスにだって悪いことをしたと思ってるし……アムネリスが自殺したのと、フロリーのこととはまるきりかかわりはねえとは思うけどな。でもって、モンゴールの内乱だのさ。俺はあの内乱にあってほんとにつくづく、てめえがいたらねえ、王としちゃまったく義務を果たしてなかった王だったんだ、ってことを考えたわけさ。——だから、ドリアンはもう、モンゴールにかえしてやろう、モンゴール大公にしてやろうと思ってるわけだ」

「ほほう……」

「あいつはモンゴールの血を——ヴラド・モンゴールの血を引いてる赤ん坊だ。だったら、やっぱり、あいつがモンゴール大公になればモンゴールのものは納得するだろうし、そしたら、まあ、アムネリスの恨みだって少しは晴れるだろう。だが、そうしたら、ゴーラには、俺のあとつぎがいなくなる。……なあ、ヴァレリウス、俺はすごく真面目な気持で、フロリーに会って、でもってそのガキを引き取ろうと思ってここまできたんだぜ。まだその子の名前も知らねえけどな。フロリーがおのれの息子を手放したくないっていうんだったら、俺はフロリーごと引き取ってやってもいい。ただしもちろん、もう俺の側女としてとかそういうんじゃなく、いわば息子の母親——乳母みたいなもんとしてだ。だったら、リンダだって否やはいうまい。……それでももし、そんな昔関係のあったような女が一緒にいるなんて、とんでもない、とリンダがいうようだったら、俺は、フロリーにはそれなりのことをしてやって、どこか遠いとこで、平和に暮らせるように面倒をみてやる。——ガキに会いたければときたまガキを会わせに連れてってやったっていい。フロリーだって、あのときゃ俺のことを好きだったかもしれねえが、そのあともう長いこと、会ってもいないんだ。もう俺のことなんか、子供の父親として以外、忘れっちまってるだろ？」

「さあ、いかがでしょうか……」

「そういう話も、お前はどうしてえんだ、って率直にしたいからさ。リンダと結婚して幸せになるためにも、そうやって、心配ごとや気になることはひとつひとつ、ちゃんと片付けておかねえとな。——長いことたって、やっぱり俺は思ったんだ。再会して、思ったよ……ああ、やっぱり俺はリンダが好きなんだな。一番リンダが俺にはあってるんだなってな……アムネリスはやたら気の強い女で、俺は正直あの女のプライドだの、気の強さにへきえきしてた。だからって、フロリーは……ああいう、黙って姿を消しちまって、自己犠牲だとか思うような女ってのは、俺にゃおとなしすぎてというか、なんかあまり……気味が悪くて性にあわねえ。リンダはいい——リンダは気性が勝ってるくせになかなかみが情にもろい。沢山喧嘩もするだろうが、だが結局、俺とリンダが一番あってるんだ、ってことを俺たちは何回となく知るだろうと思うんだ。なあ、そうは思わねえか、ヴァレリウス宰相」

2

「さ、さあ……そのような微妙なことは、私のような朴念仁には、なんともかとも……」

ヴァレリウスはいくぶんへどもどと云った。

「朴念仁かどうかは知らねえが、あんたが一番リンダのそばで毎日暮らしてるわけだろう。あの女、可愛いじゃねえか。――女王だなんだ、っていう以前に、あいつはいい女だよ。可愛い、情のある、それでいて気性のしっかりした、シンのある女だ――俺には、ああいう女がいい。俺ももうそろそろ三十の声をきく。そろそろ身を固めて――そうでなくては、ゴーラも落ち着かねえだろう。といって、パロだっていろいろと大変だろうし……パロはパロでいろんな事情があることもわかるし、俺とリンダが、それこそそのへんの町の男女みてえに、ひょいっと、好いて惚れあったからってくっつくわけにゃゆかねえ、これは、王と女王の話なんだから、国と国との事情ってやつもあるんだってこともわかるよ。――だが、そういう問題は話し合いでいくらも解決出来るだろう。ともかく、俺は……ヨナのことはさておき、まずはフロリーと会って、フロリーのガキを俺の手元に引き取りたい。それから、いますぐどうこうってことじゃなく、リンダとのことをゆっくりと話を進めたい。俺が考えてるのはそういうことなんだ。どう思う、ヴァレリウス宰相」

「……………」

ヴァレリウスはいくぶん、目を白黒させた。

イシュトヴァーンが、こんなにはっきりと、しかも彼としては圧倒的に論理的に、したいこと、云いたいことを口にするとは、思ってもいなかったのだ。正直のところヴァレリウスはイシュトヴァーンのことはかなり馬鹿にもしていたし、恨んでもいたし、嫌いでもあったから、イシュトヴァーンなど、どうせまともに口ひとつきけない田舎の暴れん坊だとしか思っていなかった。だが、そこにいるのは、まだずいぶんと口のききようも乱暴だし、いろいろと身勝手な論理もふりまわしてはいるけれども、それでもまぎれもない、ちゃんとおのれが一国の王であることに責任をとろうとし、おのれのしようとしていることの意味をわかっているゴーラ国王だ、ということを、ヴァレリウスははっきりとイシュトヴァーンの口吻から感じさせられたのだった。

（これは……手強いかもしれないぞ。相手は、ちゃんと……みんな考えてきているんだ

……）

ヴァレリウスは、いくぶん、いずまいをあらためた。そのこと自体が、ヴァレリウスが、いまの事態を改めて考え直したあかしだった。

「イシュトヴァーン陛下」

ゆっくりと、ヴァレリウスは口を開いた。

「おおせになることはよくわかりました。また、おっしゃることはみな、きわめてごもっともなことばかりだ、ということは、このヴァレリウス、はっきりと肝に銘じました。それですので、わたくしのほうも、きちんとお返事申し上げなくては——少なくとも、パロ宰相として、いまの時点で出来る限り、と思うのでございますが」

「ああ」

「まず、簡単にお答え出来ることから御説明申し上げますと……フロリー嬢と、そのお子さんのことなのですが、このおふたかたは、確かにいっとき、パロにおられました。グイン陛下が——ケイロニア王グイン陛下が、おんみずからお連れになってクリスタルにおこしになり、そして、しばらく御滞在になっていたのは確かです。それは認めます」

「………」

「しかし、そのあと、お二方は——というより、片方はまだまだお小さいお子さんのことですから、フロリー嬢は、といったほうがよろしいでしょう。フロリー嬢は、お子さんを連れてパロを出てゆかれてしまったのです。自分がここにいることで、パロに迷惑がかかる、それはしのびない、とおっしゃって。それはもうけっこう前のことです。イシュトヴァーン陛下がパロに突然おこしになるよりずっと前のことです。ずっと、と申しましても、そうですね、三月ばかりたちましょうか。ですから、フロリー嬢が出てゆかれたのは、イシュトヴァーン陛下がここにおこしになったこととはまったく関係がないのです。ただ、フロリー嬢は、自分と、イシュトヴァーン陛下のお子さんである坊やがおいでになることが、パロに迷惑をかける、とそれを非常に最初から気にしておられました。そして、グイン陛下がケイロニアにお帰りになるのと前後して、パロから立ち退かれてしまったのです。これについては、一切嘘いつわりや誇張はございません。陛下が大変真面目にお話になって下さいましたので、私も真面目にお話しております。これについては神々に誓約をたててもかまいません。現在、フロリーさんと坊やはクリスタル・パレスにも、クリスタル市にも――パロにもおられません。それについては、全市、全宮殿、全室を隅から隅までつつきまわしてご捜索いただいたとしてもかまいません。私も真実を申しております。お二人は、いま何処にいられるのか、私は存じません。お二人は、出ていってしまったのです」

「――そんなことも、あるかもしれねえ、とは思ってたよ」

イシュトヴァーンは、ややしばらく黙っていてから、ゆっくりと云った。

「金蠍宮からだって——書き置きひとつ残さずに消えてっちまった女だ。だから、そういうことも十分にあるかもしれねえとは思ってたよ。だが、本当なのか」

「ヤヌスの神に、いや、私にとってはそれよりもさえ大切なものである魔道師の掟に誓って」

「その誓いがあんたにとってどれだけ真実重大なのかは俺にははかることが出来ねえけどな。いま、どこにいるか、手がかりもねえのか」

「何処にゆくつもりなのか、とおたずねはしました。これからパロを出ます、というお話でしたので——フロリー嬢は、リンダ陛下のお気に入りになられておりまして、リンダ陛下もたいへん名残をおしまれ、何回も慰留されて、よかったら自分の相談相手、女友達の役割でこの宮殿に残ってくれないか、と頼まれていたのです。フロリー嬢も、そのことはたいへん光栄だと思われたようでしたが、やはり、自分がいて、万一にもゴーラに知れた場合に非常にパロに迷惑がかかるのではないか、ということと……もうひとつは、リンダ陛下がかつて、イシュトヴァーン陛下とその、恋愛関係にあられた、ということはご存じで、そのために、自分がこのままここにいて、万一イシュトヴァーン陛下に知られた場合、リンダ陛下にさらにいやな思いをおさせするのではないかという……あのかたは、たいそう遠慮深いかたで……」

「知ってるよ。知ってるとも」

「どうしても、御自分がここにいることはパロのためにもリンダ陛下のためにもならぬから、といって……結局、出てゆかれてしまったのです。リンダ陛下はお心遣いの路銀をたまわったりもなさったようでしたが、何処にゆくつもりかは断固としてフロリー嬢は洩らされませんでした。ただ、安心して誰の目にも見つからずに息子を育てられる、そういう場所を探すのだ、そこで、ひっそりと、内乱や戦争や、権力争いや、そういう血なまぐさい出来事とは一切かかわりなく、平和に息子を育てられるような、そういうところを探すまで放浪するつもりだ、とおっしゃって——出てゆかれたのです。まだ小さい坊やを連れて」

「……………」

それをきくと、イシュトヴァーンはしばらく黙り込んでいた。

その精悍な浅黒いおもてには、何かしら、これまであまりイシュトヴァーンの面体に浮かんだこともない、遣瀬ないものが浮かび上がっていた。

「リンダ陛下もずいぶん心配されて——せめて護衛のものでもつけてやってはどうかとおっしゃっていたのですが、フロリー嬢は、それもとんでもない、自分のようなものには分不相応です、と云われて……そのまま、ひっそりとリンダ陛下にお別れを告げて出立されてしまったのです。——リンダ陛下も大変寂しがられましたが……その坊やも、フロリー嬢も、それぞれ違う意味ではありましたが、クリスタル宮廷でずいぶんと人気を集めておられましたので……」

「そのガキ……」

イシュトヴァーンは深く考え込みながら云った。

「そのガキは……どんな様子をしたガキだったんだ？　俺に似てるのか？——いいだろう。そのくらい教えてくれ。俺は、そいつの父親なんだ。生まれたことさえ知らなかった父親でも、父親は、父親に違いねえんだ」

「——たいそう、お父上によく似た、黒い髪と黒い目をお持ちの活発な坊やですよ」

なんとなく、我にもあらずイシュトヴァーンを哀れに感じて、ヴァレリウスは静かに云った。イシュトヴァーンの声や態度のなかには、何か、もともと反イシュトヴァーンの上に、ナリスのことで深くイシュトヴァーンを恨んでいたヴァレリウスをさえ、動かすなにものか真実なものがあったのだ。

「俺によく似た……黒髪と黒い目の……」

イシュトヴァーンはつぶやいた。その目に、かすかに光るものがあった。

「俺の顔も知らねえんだな、その坊ずは。……そんなつもりじゃなかった。あのとき、嵐みてえにフロリーを抱いちまったとき、ガキが出来るなんてこと、予想もしてなかった。——なあ、ヴァレリウス、つまんねえことを云うが……俺は、親父の顔を知らねえんだ」

「なんですか、そのようにうけたまわったことがございます」

「俺の母親はチチアの娼婦すれすれの酒場女だった。——父親はどっかの船乗りで、一晩だけおふくろを買った男だったらしい。……いまなあ、カメロンが、本当は自分が俺の本当の父親だ、っていう話を、中原じゅうにひろめようとして、一生懸命画策してくれてるよ。その気持は有難えと思うよ——ゴーラ王ともあろうものが、父親の顔も名もわからねえててなし子じゃあ、格好がつかねえ、ていうんだろう。それに、カメロンのほうは、俺の本当の親父だ、と思いたいのかもしれない。だけど、俺は……」

イシュトヴァーンは一瞬、なんともいえぬ奇妙な表情をみせた。

苦渋とも、悲哀とも、苦笑ともつかぬそのしかめ面を見たとき、ヴァレリウスは、ふいに、イシュトヴァーンがどうして、これほど無茶なことをしつづけながら、奇妙に人々に人気があるのか、ゴーラの国王としてゴーラ国民にも信望を集めているのか、またパロにきてすぐから、クリスタル宮廷の人気者になったのか、その理由をかいま見たように思ったのだった。そうして、奇妙な歪んだ表情でじっと宙を見つめているイシュトヴァーンには、奇妙な、ヴァレリウスでさえ感じずにはいられない魅力と、ひとに(可哀想な……愛しい人、不幸な生い立ちなのだ……すべてのこの人の苦しみや欠点はそのせいなのだ)と反射的に思わせてしまうような、強烈な引力のようなものが漂っていたのだ。

　そして、そう思った人間はおそらく、また反射的に、（ならば、自分がなんとかその傷を癒してやれたのなら、これだけの力や魅力を持った人間なのだから、もっともっと幸せになれるのではないか……）と思うのであっただろう。それほど、イシュトヴァーンの見せた一瞬の孤独感と、見捨てられた幼児のような妙にあどけない寂しさ、痛烈な苦しみの表情は強烈であった。

「カメロンは俺の親父でもなんでもない」

　イシュトヴァーンは烈しく言い切った。

「たとえ、そうなりたくたって――カメロンは、俺の親父にはなれやしねえ。――それに、カメロンは、一回だって、俺の母親を買ったことなんかねえんだ。あいつは、女を買うような男じゃなかった。いつだって、買うなんてことをしなくたって、女にゃ、不自由してなかったんだからな。――だが、そうやって、俺のことを思ってくれてるのは有難いと思うよ。だけどな……だけど、それは違うんだ」

「……」

「俺は、父親の名前も顔も知らねえってことで、俺の運命は決まったんだと思ってる。――俺は六歳のときから、戦場かせぎに出たよ。でもって十歳のときから賭場でかせぎ、十一歳のときから身体を売った。母親は俺が三歳のときあっさり疫病で死んじまったしな、俺はそのあと、チチアの娼婦どもと、伝説の博奕打ちコルドに育てられて、やっと

なんとか大きくなったよ。そんかわり覚えたのは悪いことばっかりだ。――だから、そのあと、王になって、まともな王にならねえととても王で居続けることは出来ねえんだ、ってわかったとき、俺は大変だったよ。そりゃ、大変だったさ。――しょうがねえだろう。まともにやることなんざ、一度だって教わったことはねえんだから」

「……」

「なあ、ヴァレリウス。俺は、その……俺のガキを、そんな……俺みたいな育ちにしたくねえんだ」

「それは……しかし、お母様がしっかりしたかたですし……たいへんに真面目なおかたで、きちんと育てておいでになりますから、そのような御心配はないかと思いますが……」

「だが、フロリーってのはちっちゃな、か弱い女だったぜ。――いまのこの乱世の御時世に、女手ひとつでガキを育ててゆくなんざ……とてもとても大変じゃねえか。金だって稼ぐのもままならねえだろう。そしたらすぐ、ちょっと見られる女なら、じゃあ身体を売ろうってことになるさ。そうしたら、そのときから……そのガキは、娼婦の子になるんだ。でもって……あとは俺と同じさ。堕ちてくばっかりなんだ」

「いや、しかし、フロリー嬢は敬虔なミロク教徒で……」

言いかけて、急いでヴァレリウスは口をとじた。危険信号が頭のなかで点滅したのだ。

イシュトヴァーンは、だが、おのれの想念に酔いしれていて、ヴァレリウスの言葉など、聞いていなかったかのように見えた。

「なあ、俺は、そのガキを見つけたら、決してあだやおろそかになんかしねえよ。――俺がドリアンを――アムネリスの生んだガキを冷たく扱ってる、っていううわさが中原じゅうに流れてるのは知ってる。俺がドリアンを毛嫌いして、顔も見ねえようにしてるとか、乳母に預けてわざと冷たくしてるとかな。だけど、そうじゃねえぞ。俺はドリアンが生まれたときこそ、そりゃ……動転したさ。だが当然だろう。それと引き替えに女房が自害したんだぞ？　いきなりそう云われて、この子がその死んだ女房が残した子ですっていわれて渡されてさ。これまでてめえのガキなんか、まったく縁のなかった俺が、そりゃ動転して当然だろうが、そうは思わねえか。だが、そのあとは俺はあいつにはよくしてやってるぞ。どうしていいかよくわかんねえけどさ……そりゃ、抱っこしたりオッパイやったりあやしたりだの、そんなこたあしねえだろう。俺はゴーラの国王で……おまけにてめえ自身が母親にそんなことほとんどされずになんとか勝手に育ったようなものなんだ。俺の母親は俺が三歳のとき死んだけどさ、その三年間は猫かわいがりにかわいがってくれたなんてこたぁまるきりなかったんだぜ。奴はてめえの商売に忙しかったから、俺はいつだって魚籠に放り込まれてほっておかれてたんだって娼婦のアーマが云ってたよ。娼婦仲間が気の毒がって俺をかまったり、おむつをかえてくれたりしたってんだ。てめえがそんな育ち方してんのにさ——女房はガキに悪魔の子なんて名前をつけたまんま自害して……俺にそのガキを残したんだぜ。俺にどうしろってんだ」

「…………」

ヴァレリウスはどう返事していいかわからず、困って黙っていた。

それを、イシュトヴァーンは、まるでヴァレリウスがアムネリス当人でもあるかのように鋭い目で見た。

「てめえのガキにドリアンなんて名前をつける女——それだけでも最低じゃねえか。それまでも俺のせいにされちゃあ、たまったもんじゃねえ。その神経だけでも俺は、あの女とはうまくゆかなかったと思うぞ。それであの女は、てめえの生んだガキの一生を台無しにしたんじゃねえか。ガキに何の罪があるよ……てめえが俺に抱かれてはらんだだけだろう。だったら抱いた俺を恨むのも、はらんだてめえを恨むのもしょうがねえさ。だが、はらまれて生まれてきたガキに何の罪があるんだ。——俺だって、チチアの酒場女のてなし子になんか生まれたくなかったさ。あたりまえの家のガキみたいに、両親に可愛がられて育ちたかったさ。——おい、ヴァレリウス、お前は、まともなうちの子なんだろう」

「…………とんでもない」

どう答えようかと迷ったが、ヴァレリウスはゆっくりと答えた。

「私はイシュトヴァーンさまよりも、もっとしょうもない、ろくでもない生まれ育ちをしております。魔道師なんて、大半はそのようなものですよ……捨て子だったから魔道師にでもなるほかなかったり、売り飛ばされたり……まともな家なら、子供を魔道師にしようなど……あんな厳しい非人間的な修行をした揚句、一生女性との交わりも、あたたかな家庭を築くこともないような、そんな職業にしようなど思うわけがありましょうか。私は森に捨てられていた捨て子ですよ。自分がいったいどうやって育ったものか、まるきり見当もつかないくらいです。サラエムの生まれだ、ということはわかっているんですがね。――両親などというものは物心ついたときにはすでに影も形もありませんでした。私は物乞いをしてかろうじて生き延び――たぶん十歳くらいのときにそれももう、限界になって、死にかけていたところを、森の隠者となっていた魔道師のなれのはてに拾われたんです。――その男も魔道師であることに失敗して、ギルドを逐われ、なんとかして生き延びようとしていた男で……まあそのあと、いろいろございましたが、親切な貴族の若様に拾われたおかげで、私は魔道師見習いの道に入ることが出来ました。その若様もパロ内乱でいのちを落とされましたし――また、私はもともと……魔道師というのは一、二歳からもう、それにふさわしいからだになるよう仕込まれなくてはなかなか一人前になれないので、私が魔道師見習いになったのはもう十六歳になってからでしたから、結局どれほど努力しても、たいした魔道師にはなれなかったですけれどもね。

――素質がなかったわけではないようで、それなりにはなれましたけれど、どうしても、生まれついて素質があって、しかも幼いころからずっと魔道食と魔道の修行だけで過ごしてきたようなものには負けてしまうだろうと思いますよ。いや……確かにあなたもご苦労なさったでしょうが、私もたぶん、それにかけては人後には落ちないと思いますよ」

「そうか……」

それを聞くと、どう思ったのか、イシュトヴァーンは一瞬、押し黙っていた。

それから、ためらいがちに云った。

「そうか。つまらねえことを云って、悪かったな。お前も苦労してんだ。ま、そうだよな」

「いまとなっては大した苦労とも思いませんがね。それよりも、いまのほうがずっと苦労している気がしてしかたありませんよ」

ヴァレリウスは苦笑して云った。

「宰相などというものになってからのほうが、ですね。ただの上級魔道師でいたときは楽しかったなァ。あのころが一番気楽で楽しかったですよ。いまはもう、なんでもかんでも私の責任、宰相の責任で、大変なことばかりで」

「だからさ」

イシュトヴァーンが一瞬ずるそうに笑った。

「いまパロは人材がいなくて……なんもかんもあんたがひっかぶらなくちゃいけなくて大変なんだろ。おまけに金はなくてさ。だから——ゴーラがちょっと手助けしてやろうってんじゃねえか」

「それには及びませんよ」

ヴァレリウスは敗けじと言い返した。だが、その口調は若干、これまでにはなかった苦笑をはらんでいた。

「確かにパロはかつての栄光見るかげやなし、といったようにも見えましょうが、それでも、『水で割ってもカラム水はカラム水《くさってもタイ》』でしてね、なんとかよろよろとやっておりますよ。御心配いただいて有難うございますし、いろいろご援助いただいたのは大変感謝いたしておりますが、それはあくまで、陛下がおいでになったことでの出費に対するものということで……通常の経理に関しては、内戦でいためつけられたとは申せ、徐々に回復しつつありますから、御心配には及びません。人材もおいおいに育ちつつありますしね。いまの若手たちがみんなもののあと十年もしたら、立派に使いものになってくれるでしょうから、そうしたらパロはまた、最盛期を迎えられると思っておりますよ、私は」

「おい、あと十年なんて、ええ気の長い話だな」

イシュトヴァーンは苦笑した。だが、ヴァレリウスの内心にさすがに同情したのか、それ以上追及しようとはしなかった。

「ヨナがいま、もうパロにいねえ、ってのは本当なんだな？」

「そうなんですよ。それについては私も本当いって、いまいろいろありますのでとてもいてほしいところなんですが――当人が、しばらくちょっと時間が欲しい、自分の学問についてどうしても知りたいことがある、といってふらりと出ていってしまいましたので……まあ、もともと学者肌ですからね。気まぐれなところがおありで」

「ふーむ……」

「フロリー嬢親子のほうの話も、かけねなしの本当ですよ」

ヴァレリウスは念を押した。

「私は本当に彼女が何処に行ったのか、このあとどうするつもりかについてはまったく聞いておりませんのです。それに、彼女は、あえて知らせないようにしていたようでした。誰にも、あとを追われたくなかったんでしょう。自分と坊やがどこでひっそりとこのあと過ごすつもりか、それを知られてしまえば、同じことになる、と思っていたんじゃないでしょうかね」

「それは、もう、信じたよ。――というより、あんたはそこまで軽々しくバレそうな嘘をつく玉じゃねえと思う」

イシュトヴァーンはちょっと肩をすくめた。それから、ちょっとためらってから云った。

「ひとつだけ教えてくれねえか。その——俺の息子、確か二歳半になるんだっていってたな」

「そろそろ三歳ってところではないでしょうかね。すこやかな、大柄な、いいお子さんですよ。はきはきとした、利発な」

「そいつの名前を教えてくれ」

イシュトヴァーンはつぶやくように云った。

「俺はそいつが生まれたことも知らなかった。まだ名前も知らねえ。教えてくれ。フロリーが生んだ俺の子はなんていうんだ」

ヴァレリウスは一瞬ためらった。それから、静かに云った。

「イシュトヴァーン。——イシュトヴァーン、というのが、その子の名前です」

「………」

イシュトヴァーンは一瞬押し黙った。

それから、何となく疲れたように首を振った。我が子に、自分の——ただ一夜、情をかけただけの父親の名をそのまま継がせたフロリーの思いを、思いやるようでもあれば、なんとなく力が抜けてしまったようでもあった。

3

宰相の執務室に戻ったとき、ヴァレリウスは、なんとなくかなりの疲れを覚えていた。イシュトヴァーンとのやりとりは、ヴァレリウスにとってそれほどは切迫していない問題について話しているときでも、決して緊張をゆるめてくれるものではなかった——ヴァレリウスは吐息をひとつつくと、小姓を呼んで熱い湯と愛用のカップを持ってこさせ、抽出しの中の箱から、魔道師が愛用する薬草をいろいろと干しかためたとっておきの『魔道師のお茶』のかたまりをひとかたまり、とりだすと、カップに入れて熱い湯をそそぎ、馴れた薬くさいかおりをかぎ、その茶をすすって、ほっとひと息ついた。

それから、ヴァレリウスは呼び鈴を鳴らして、小姓に当直の魔道師を呼ぶよう言いつけた。これは形式であって、すでにヴァレリウス自身が心話で魔道師二人にこの室にくるように命じていたが、ヴァレリウスは魔道師ギルドからの要請もあって、宮廷のなかでは極力、魔道師らしさがきわだたないようにふるまうように気を付ける必要があったのである。

ほどもなく小姓が二人の魔道師を案内してきて、下がっていった。ヴァレリウスは二人をじっと見つめた。片方はまだ若い下級魔道師であり、片方はヴァレリウスがやや信頼している一級魔道師であった。

その顔を眺めながら、ヴァレリウスはとっさにどちらにどちらの任務を振るか決めた。といっても、ゆきさきはほぼ同じであったのだが。

「サリウ下級魔道師」

「は」

「お前はこれからただちにミロクの町ヤガにおもむき、そちらに向かって先日パロを出立された、モンゴールのフロリー嬢とその子息イシュトヴァーンどのの居場所をつきとめ、それをこちらに連絡するように。ただし、ヤガは知ってのとおり、ヤヌス教団の魔道師の潜入に関してはことのほかきびしく詮議するところだ。魔道師のマントはぬぎ、よくあるようにミロクの巡礼に仮装するのはやめて、あくまでも一般市民がミロクの神殿に礼拝にやってきたのだ、というていをよそおってフロリー嬢を探しなさい」

「かしこまりました」

「フロリー嬢と子息の行方をつきとめたら、他に何もせず、ただちに私に連絡するのだ。そして、その後はヤガでずっとフロリー嬢親子の周辺を見張っていて、何か異なる動き——たとえばの話だがイシュトヴァーン王の手の者と思われる人間が接近したり、ようすを探りにくる気配があったら、ただちに遠話で私に報告し、上級魔道師の応援を仰ぐように」

「はい。心得ました」

「ともかく最大の任務は、お前の存在と動きをヤガのミロク教団にも、またフロリー親子にも悟られぬことだ。決して、ヤヌス教団の人間がヤガで動き回っている、などと悟られぬよう、のちほど上級魔道師の先輩から、ヤガに潜入するさいの心得、ミロク教団に接するときの秘訣をよくよく聞いてから、ただちに出立せよ」

「かしこまりました」

「そして、バラン一級魔道師」

「はい」

「お前もヤガにいってほしいのだが、あくまでもサリウ魔道師とは別行動をとってほしい。いまいったとおり、ヤガはミロク教団の本拠地、ヤヌス教団の魔道師の存在はかなり目立つ。それが一人動き回っているというだけでも相当警戒されるだろうが、それが二人となると倍以上にヤヌス教団そのものの動静があやしまれる。――お前は逆に、多少の経験も判断力もあろうから、ミロクの巡礼に扮してミロク教徒としてヤガに入り、そして、おそらくこれもそろそろヤガに入っているはずのヨナ・ハンゼもと参謀長――現在のヨナ・ハンゼ王立学問所特別教授を捜し出せ」

「はッ！」

「そして、現在のクリスタルの状況について説明し、ゴーラ王イシュトヴァーンがクリスタル宮廷に滞在していることを話し、また、ゴーラ王がヨナ博士と話したがっている、ということを話して、出来るかぎりすみやかにヨナ博士にクリスタル宮廷にお戻りいただけるようにせよ。むろんそのさいにはお前がヨナ博士を警護してクリスタルまでお連れするのだ。だが、ヨナ博士がもし、その話にもかかわらずまだ当分、当人の用件をはたすまではヤガにいなくてはならぬ、というお答えだったときには、ヨナ博士の用件もヨナ博士にとってはのっぴきならぬものだ。ヨナ博士にとっての恩人にあたるかたの行方をさがし、もし窮地に陥っていれば救出する、というのが博士の今回のヤガゆきの最終的な目的であるからな。——だから、ヨナ博士がまもなくその任務を果たせそうなら、ヨナ博士に一刻も早くクリスタルにお帰りいただくために、お前もヨナ博士にご協力しろ。そのために、お前が選んで下級魔道師を数人——人数と人選はお前の選択でかまわぬ。まあ十人まではあまりに目立ちすぎようから、気の利いたものを五、六人まで連れてゆけ。そして下級魔道師ではまだなかなか、ミロク教団の目を誤魔化せぬものがあるかもしれぬゆえ、その連中はヤガの郊外にでも待たせておき、いざというときすぐにお前の助けになれるようにだけしてそなえておけ」

「心得ました」

「本来ならば魔道師の任務の命令は一人一人に与え、誰がどのような任務についているかは相互に知らせぬ」

ヴァレリウスは眉をよせながら云った。

「だがここでサリウ魔道師とバラン魔道師をともに呼んで同時に指示を出すのは、このような指示が出て、このような仲間がこのような目的によって動いているぞ、ということを互いに心得ておいたほうが、同じヤガで動きまわるさい、得策だと思うからだ。でなくば、万一にもヤガで行き会ったり、なんらかぶつかるようなことになったとき、知らぬ任務で仲間の魔道師がきている、と考えて思わぬ邪魔をしたり、手助けのつもりで隠密行動をさまたげたりしてしまうかもしれぬからな。サリウとバランは、互いに、場所は同じだがまったく違う任務を遂行しているものとして、決して互いには接触するな。ヤガでは、おそらく魔道師がそうして互いに接触したりすればするほど見つけられやすくなり、警戒されやすくもなる。——ことにサリウ。お前はまだ若い。くれぐれも、先輩の注意をよくきいて、ミロク教団にその存在を知られぬよう気を付けてくれ」

「気を付けます」

緊張したおももちでサリウが云う。まだ、かなり若い。このような重大な任務をあずかるのはこれがはじめてかもしれない。

「自分もその……何人か魔道師を連れていってよろしくありましょうか？」

「二人だけ、連絡係として下級魔道師を連れてゆけ。ただしそれは必ず郊外においておき、ヤガには入れるな。お前たちは、ヤガの警戒網の厳しさを知らぬ」

そう云ったものの、ヴァレリウスとても、それについて、そんなに詳しいわけではなかった。ヴァレリウスはヤガにいったことはない。ただ、さまざまな話にきいて、いろいろと知識がある、というだけの話だ。それも、「いま現在のヤガ」についてはまったくわからない。

「サリウはさがってよし。早速、先輩からヤガについての情報を仕入れ、一般人のミロク教徒に変装するさいに最低限必要な知識を覚えよ。ミロク教徒は特有の挨拶や風習を持っているからな。覚えることは沢山あるので、おのれで考えて、最低限ですむように何か言い訳を考えることだ。すぐゆけ」

「かしこまりました」

サリウが丁寧に魔道師のマントの頭を下げて、さがってゆく。それが完全にドアのむこうに去っていって、気配も消えたのを確認してから、ヴァレリウスはバランに云った。

「サリウは若くて未経験で、いまひとつこころもとない。さっきは、互いに決して接触するな、といったが、接触しろ、ということではなく、お前のほうは、さりげなくサリウの動静をも見張って、失敗したり、露見したりせぬようカバーしていてやってくれ。もしも、サリウが何かぼろを出しそうだったら、お前がさりげなく庇ったり、あるいは最悪はサリウを活動出来ぬようにしてこちらに送り返してしまうようにしてくれ」

「わかりました」

バラン魔道師はかすかに笑みを浮かべた。

「サリウ魔道師の任務の邪魔はせず、サリウ魔道師がミロク教団に存在がばれたり、失敗をしそうだったら、それを逆に邪魔してしまえばよろしいわけですね。——そしてヨナ博士については、あくまでも私はミロクの巡礼として接触し、クリスタルに連れ帰るさんだんをすればよろしいわけですね」

「そうだ。ヨナ博士はミロク教徒だから、逆にヨナ博士が帰国するつもりになってくれれば、ヨナ博士が知恵袋になってさまざまにカバーしてくれるだろう。——それにもうひとつ」

「はい」

「いま現在のミロク教団のようすが皆目わからぬ」

ヴァレリウスは率直に云った。

「数年前とはなんだかずいぶんようすがかわってきたようだ、という話は聞いているが、このところヤガはひときわ、異教徒、異端者のヤガへの入市を拒み、ミロク教徒のみしか入れぬようになりつつある。貿易、交易についても、しだいにミロク教徒以外の国家と取引をせぬようになってきているときいている。——ヨナにも頼んだことだが、ヤガに何が起きているのか、ミロク教団がいま現在、どのようなものに変わりつつあるのか、その実態をも、出来うるかぎり見届けて——それはクリスタルに無事帰ってきてから報告するということではなく、何かわかるたびに、仲間を通じて遠話で俺に報告してくれ。ただ、遠話を使ったりすると、目立つぞ。そのこともよく考えて行動してくれ」

「おまかせ下さい」

バランは力強くうなづいた。

「大丈夫です。ヴァレリウス閣下がお考えになっていることは大体飲み込んだと思います。失敗はいたしません。——パロから魔道師が何人か潜入した、ということは決して悟られぬよう——サリウが悟られそうになればそれをなんとかごまかすように動きながら、ヨナ博士を無事クリスタルにお連れ出来るよう、ヤガから連れ出す方策を立てます」

「頼むぞ。——一人だけ、上級魔道師を連れてゆけ。あとは下級にしておいてほしいが。こちらもいま、もう身辺に使える上級魔道師が払底しつつある状態でな」

ヴァレリウスはちょっと弱音を吐いた。

バランがうなづいて、これも丁重に頭を下げてからさがってゆく。ヴァレリウスは、やっとちょっとほっとして、また、ややぬるくなっていた「魔道師の茶」をすすった。

それは魔道師に、魔道に必要な活力と精神集中力を甦らせてくれる霊薬を含んでいる。

みんな、自分でごりごりとすり鉢で薬草をすり、おのれに一番あっていると思われる調合を探して、それをかためて日に干して作り上げるのだ。ヴァレリウスは、抽出しの中の、寄せ木細工の箱のなかに、魔道師の茶がもう残り少なくなっていることを思い出した。

(茶も作らなくてはいけないし——《丸薬》もそろそろ……くそ、そんなことをのんびりやっている時間もとれやしない。しかもひとに頼むわけにはゆかないし……)

本当は、ヴァレリウスは、そうやって、薬くさい工房のなかで、すり鉢をのんびりとすってさまざまな霊薬を調合したり、それに今度は新しい薬草を加えてみようか、と思ったり——そういうことをしているのが大好きだ。

本来は、本当に自分はこんな、宰相などということをしているような人間ではないのだ、とまた、強くヴァレリウスは思った。

(なんとかして……代わってくれる人材さえ出てきたら、リンダ陛下にお願いして……せめて月の半分でもいいから、ただの魔道師として……やりたいように過ごせる時間を……いや、半分とはいわない。せめて三分の一でも——いや、ほんの五、六日でもいいから、この宮廷暮らしと宰相の任務から、お休みがとれたらな。——イェライシャ導師のところへいって、あのあやしい洞窟であれこれ聞いたり手伝いをしたり……《魔道師の塔》のほこりくさい図書室で、古い魔道の書を読んだり……あのサリウみたいな未経験な若手の魔道師どもを特訓したり……魔道師らしく過ごしたいな。宙に浮かんで瞑想したり……たまには山中にこもってちょっと新しい技を習得出来るよう、訓練したり……このところ、ずっともう、魔道の修業もしていないから、上級魔道師とはいうものの、もうだいぶん、俺の魔力も落ちてしまってるに違いない……それがなんともくやしいな。もうあとちょっとで、導師の試験を受けるところまでこぎつけていたというのにな……）

その思いはだが、学問の道ひとすじであったヨナとても同じだろう。ヨナのほうが、いっそう、「不似合いな政治の場に連れ出されてしまった」という思いは強いに違いない。

（その息抜きもあって、ヤガへ出ていってしまったんだろうと思うが……俺は、それも出来やしない……）

ふうっと、溜息をついて、ヴァレリウスが、かたわらの「未決済箱」に入っている山積みの書類にようやく手をのばす気になったときだった。

「失礼いたします」

そっとドアをノックして、小姓が入ってきた。

「なんだ」

「あの、ケイロニア金犬騎士団准将、パロ駐在司令官のメルキウスどのが、火急の用件にて、いますぐヴァレリウス宰相に内密にお目にかかりたい、とおおせになっておいでですが」

「火急の用件だと」

ヴァレリウスは、一瞬、イヤな予感がした。

そこは、しばらく魔道の現場から離れているといいながらも、まがりなりにも嘱望されていた上級魔道師だ。世界に対して通常の人間よりもするどい感覚と直感をたえずとぎすましているというのは、魔道師の第一条件である。

「お通ししろ。そして人払いを」

「かしこまりました」

うなづいて小姓が出てゆき、そしてすぐにメルキウス准将をともなって戻ってきた。

「では、お人払いをいたしますので、お話が終わられましたら、呼び鈴をお鳴らし下さい」

「ああ。わかった」

いくぶん、おもてをひきしめながら、ヴァレリウスは云った。

ただごとでない何かが起こったのだ、ということは、ひと目でわかった。メルキウスの、いかにもケイロニアの武将らしい、ひきしまった精悍な顔は、これまでの滞在のなかで一度としてヴァレリウスが見たこともないくらい憔悴しきり、無精ひげまでもぼつぼつとのびて、その上、見るかげもないほどに打ちひしがれて見えたのだ。

「メルキウスどの……？」

「申し訳ありません。ヴァレリウス宰相」

メルキウスは、もつれる口で云った。まともに立っているのも辛そうなくらい憔悴している。

「どうなさいました。とりあえずおかけ下さい。ひどくお辛そうだ」

「家内が……」

メルキウスは舌をもつらせた。

「家内が、その……みまかりまして……」

「奥方が？」

ヴァレリウスは一瞬、言葉を失った。

「なんで——そんなまた、急に……」

メルキウスは、まだ若い。

いって三十五、六というところだろう。とうてい、妻に先立たれるような年でもない。といって、よくあるように、産褥で妻が亡くなるには、少し年がいっているとは思うが、妻が若いのだろうか、と思った。

が、次のメルキウスの言葉をきいて、ヴァレリウスは蒼白になった。

「このようなお話を……お忙しい宰相にするのは申し訳がありません。しかし、これについては、知っておいていただかぬわけには参りますまい。──ただいま、サイロンで、恐しい疾病が大流行していることを、ご存じでありましょうか……？」

「あ──ああ……その……」

すでに、その話は魔道師の情報網で聞いている。あっ、と思った。

「では、その……奥方は、そのはやり病で……」

「はい……」

メルキウスは椅子の腕をつかんで、苦しみに耐えるようにみえた。

「流行しているのは、恐しい黒死の病です。──じっさい、あっという間に……手足が先から真っ黒になって腐りだし、たえがたい臭気をはなち──それが顔に及び、内臓を腐らせ、患者の苦しみようはたとえようもなく──しかも、薬も医者の手当も何ひとつきかぬという……」

「……」

「そしてその黒い死が心の臓に届いたとき、あっけなくそのものは死んでしまうという恐しい──あまりにすさまじいはやり病いだといいます。──最初は、からだの弱い、老人や子供、病人や病弱なものがこの病にとりつかれてどんどん死んでいったそうです。しかし、この病の伝染力はきわめて強く……それをみとってやっていたものたちが──

医師も看護婦もみな次々にやられ、子供の面倒をみていた母親、舅や姑の看病をしていた若嫁らがこんどはやられ……」

「そ——それは……」

「私のところでも……さきの知らせで、もう、サイロンに恐しい黒死の病が流行しはじめ、大流行になるきざしがあって怖い、と妻から手紙が参りましたので……子供達もまだ小さいことですし、ともかく急いで……妻はもともとがワルスタットの出でございまして、ワルスタット侯の血筋に遠くつらなる、宮廷で侍女をしていた女でございますので——ともかく急いで子供らを連れてワルスタットの実家へ避難するようにと手紙を出しましたが、それと——それと入れ違いに、一番末の……長男が死んだと手紙が参りました……上二人がむすめでございまして、これは母親が先にワルスタットへやったようです。一番下の子が長男で……まだ五歳でございます。これがあっけなくわずか六日ほどのわずらいで、さんざん苦しんで死んだという手紙がきて……私は、どうしたものかと……パロに駐留し、クリスタルをお守りせよとのグイン陛下の御命令は絶対でございます。武官にとって、たとえ妻子の死に目にあえずとも、たとえ戦時の非常事態でなくとも、任務をあくまで忠実に遂行するのが当然の義務——それゆえ、長男の葬儀にいまから戻ってもおそらく間に合いはすまいし、それにクリスタルもいまやゴーラ王どのがおいでになって、非常な苦境にたっておられることはそれがしもわかります。それゆえ……この子の寿命であったのだとあきらめて……メルスの葬式にも出られぬものと思い定め、そうであるからには……部下にも、ヴァレリウスどのにもそのような女々しい私事はお話すまいと思い決めておりましたが――そこに……妻のヴァリアが――メルスの病が感染して亡くなった、という……たてつづけの手紙が――参りまして……」

ついに、こらえかねたように、メルキウスは、両手を膝に突っ張ったまま、膝の上にぽたぽたと男泣きの涙を落とした。

「まだしも……エイリアとアメリアが生きていてくれればこそ……私も、なんとか……生きてゆかずばなるまいと存じますが……とても――仲のいい夫婦として知られておりましたし……と申しましても、ケイロニアでは、おおむね八割までの夫婦が……とても仲のいいおしどり夫婦であるのが普通でございますので――今回のこの疫病では、さぞかし――深く嘆いている夫や妻が大勢おりましょうし、それがしだけの悲しみではないと思うのでございますが――せめて、いまからでも、サイロンに戻ってやれればと――」

「それはもう……」

ヴァレリウスは呻くように云った。

「そのようなご事情とあるからは当然のことです。しかし――よけいなことを申し上げますが、ただいまのサイロンにお戻りになるというのは、ひどく危険なのでは……」

「いっそ、私は、ヴァリアとメルスをあれほど若くして連れ去ってしまったそのむごい病に、私も一緒にかかってしまいたい気分です」

メルキウスは悄然と云った。

「とはいえ私にはまだ二人のむすめがおります。それも上が十歳、下が八歳——まだまだ子供です。母を失い、弟を亡くし——ここで父までいなくなってしまったら、どんなにか気を落とすでしょう。幸いにしてワルスタットのあれらの祖父母はまだ元気でおりますが……パロからの帰りにはちょうどワルスタットを通ります。せめて、むすめたちの顔をみて——いちどきに母と弟を失ったあれらにまだ父親がいるのだと……力づけてやりとうございます。そして——私も、愛するサイロンを襲ったこの恐しい災厄に、何かちょっとでも——出来ることはないかとサイロンにあえて戻り……幸いにして、元気でたくましい男性には、ほかのものよりはずっと病気は感染しづらいようでございますから、せめて——いまや、サイロンでは、死屍累々のありさまで、葬式も間に合わず、伝染を防ぐために必ず病死のものの遺体は火葬に付すようにとのおおせがグイン王陛下から出され、だがその火葬さえも間に合わず、しもものすまうところでは一家全部死に絶えたところもあって、その死体がそのまま寝台の上に折りかさなって放置されているとも聞き及びます。せめて、それがしも、ケイロニアの一員として、そのようなむざんな死体を茶毘に付す手伝いなりとしてやりとうございます。——戻ってよろしいかどうかをグイン陛下にうかがおうと思っておりましたが、陛下は温情あるおかたでございまして――ヴァリアの死の知らせと同時に、『一時帰国し、妻子のとむらいをしてよろしい』というご許可のお手紙を頂戴いたしました。――ただ、心配なのは」

「……………」

「それと入れ替わりに陛下が人選をされて、ただちにこちらに一個大隊を率いて次の司令官をよこすので、なるべく健康なものを主体にして一個大隊分の人数をともない、サイロンに戻るように、とのおことばなのですが、それですと、私があまりにすぐ出立いたしますと、サイロンから、次の司令官――誰になるか存じませんが、それが到着するまでに、しばらくの空白の期間がございますので――むろんその間も、一個大隊と、副将の筆頭でございますアルクス大佐に私の代理として司令官をつとめるよう、受け渡しをして参りますが――やはりかなり警護が手薄になるのはいなめません。ゴーラ王がおいでになるいまでございますから、出来ればそのような空白は作りたくないのですが、あちらから次の司令官と一個大隊が到着するのを待っていれば、おそらく、ヴァリアは……」

「むろん、いますぐ、サイロンへご出立下さい」

きっぱりと、ヴァレリウスは云った。メルキウスは顔をあげた。

4

「そう――いっていただくのはまことに有難いことですが、しかし――」

「とりあえずゴーラ王はおとなしくしておりますし、それに、今日ついさっきも会談をいたしておりましたが、今回のゴーラ王の目的は、リンダ陛下への求婚と、それに付随していくつかの私的な用件という、比較的平和的なもので、それを証明するためにもクリスタル・パレスへはごく少数の騎士しかともなわず、そもそもユノに残してある人数もゴーラ王としては、『侵略』と思われぬためにあのように少ないのだと思われます。それに、いま、こちらも要請して、カラヴィア公騎士団にマルガへ駐屯にきてくれるよう、お願いしております。これもほどもなくマルガへ到着いたします――おそらく、それまでの期間くらいは、大丈夫ですよ」

「私ごとで、まことに申し訳ございませんが……」

「何をおっしゃっておられる。それにしても、サイロンの状態はそんなにも酷いのですか」

「酷いを通り越して——未曾有の国難、とグイン陛下も、またその周囲のものたちも——ランゴバルド侯閣下もお考えになっておられるようです。アキレウス陛下が、ご高齢であられるので、最初ちょっと発熱されて、それで発病されたのではないかと、グイン陛下も側近も非常に心配したのですが、幸いにして、黒死病の特徴である黒い斑点があらわれることなく食い止められ、ただ熱が続いておられるので、念のため、そのような状態の陛下を移動させるのは心配ながら、ともかくもまずはサイロンをはなれていただくよう、準備がなされているようです。それにともなって、シルヴィア王妃陛下もサイロンをはなれられるようです。——不思議なことに、今度の黒死の病は、徹底的にサイロンに限られているようなのですよ、ヴァレリウス宰相」

憔悴しきってはいるものの、いくぶん、落ち着きを取り戻して、メルキウスは云った。

「なんとも不思議なことです。——光ヶ丘、双が丘、鳥が丘、水ヶ丘、サイロンをとりまく七つの丘でもそのあたりでは被害があまり出ておらず、風ヶ丘の黒曜宮でも、幸いにしてまだそれほど被害者が出ていないそうです。被害はサイロンの中心部、タリッドから北サイロン区の南部、ジャルナ区の西部、ケルン区の東部、そして南サイロン区全域に集中していると、知らせをもってきたものが伝えております。——まるで、サイロンの中心部だけをすっぽりと黒死の病の網が覆い尽くしているように、ことにタリッド周辺はひどいありさまなので、最初はタリッドと南サイロン区の住民たちが、ケルン区やスティックス区のほうへと避難しはじめ、そのことで、病のもとをそちらへ運んでしまうことになったようです。それで、グイン陛下は、サイロン市内での人々の恣意的な避難を厳禁なさいまして、あまりひとの住まぬ闇が丘の方向に避難するよう、誘導され、そちらに避難生活用の天幕を沢山たてられました。当座はそれでおさまったかに思えたのですが、そのうちまるでそれを嘲笑うかのように、北サイロン区やジャルナ区、ケルン区に病がひろがり……私の私邸も——ジャルナにございましたので……」

またメルキウスはくちびるをかんでうなだれた。

「さようでしたか……」

ヴァレリウスは、突然の嵐のような流行り病で愛妻と愛息を失ったこの武官を、どう慰めようもない思いだった。

「それはもう……すぐにでもご出立なされて——こちらのことはもう、どうとでもなりますので、どうか、御心配なさらずに……」

「と申して、いまさら夜に日をついでサイロンに駆け戻ったところで、妻や息子が生き返って参るわけでも、その死に目にあえるわけでもございません」

メルキウスは涙をこらえた。

「そう思うと、それよりも職務を全うするほうが、陛下のお心にはかなうのではないか、とは思うのですが……それでもひとの心の弱さ、せめてひと目、妻の墓なり、息子のさいごをとげた寝台なりを目にしなくては、手紙一本でそのようなことを告げられても——これまでの幸福な家庭が一気にそうしてなくなってしまったのだ、と云われても……なかなか信じることも出来そうもございません。——いやしくもケイロニアの武人でありながら、なんという心弱い、とお笑い下さってもやむをえませぬが……」

「何を云われる」

ヴァレリウスは、立ち上がって、メルキウスの手をとり、握りしめた。ほかにどう云いようもなかった。

「ともかく、すぐにでもサイロンへご出立下さい。せっかくグイン陛下もそのように温情をおせ下さっているのでしょう。それにしても、黒死の病とは、そのようにあっという間に死にいたるものでありましたか——確かに、もともとかなり足の速い疾病である、とは聞き及んでおりましたが……パロではもう、かなり長いこと、そのような流行り病いを得ることがございませんでしたので……」

「パロでは、ことにクリスタルの都では、衛生観念も徹底しておられますし……」

メルキウスは寂しそうにいう。

「こたびの内乱にせよ、あれだけの死者が出れば、普通の国家では必ずや、死体の始末に迷って流行り病いのもととなりましょう。そうならなかっただけでも——宰相はパロが衰えたといわれるが、私どもは、それこそまさにパロが中原に誇る文化国家であるあかしとも思えたものです」

「幸いにして……大勢死んでしまったので、いっそかえってすきまが出来たかもしれません」

ヴァレリウスは苦々しく云った。

「が、マルガでは多少――やはり戦死体の処理が間に合わず、多少、伝染病のきざしはあったようです。が、どうにかこうにか食い止めました。残ったものが、老人や女子供ばかりでしたので、マルガでは死体の処理もとかくありさまだったのです。――が、黒死の病にとりつかれなかったのは、まことに幸運かと……」

言いかけて、ヴァレリウスはふと眉をよせた。

だがメルキウスは、そのようなヴァレリウスのようすには気が付かぬようだった。

「それでは、ともあれ……そのようにおおせいただきましたので、心は残るながら、あえてサイロンにいったん戻らせていただきます。――その後、またあちらのようすが落ち着いてから、グイン陛下から御命令が出るようならただちにこちらに戻って参りますし、もう他のものが赴任しているゆえ、あらたな任務につけとの御命令なら、私はそれに従います。――こちらでは、短い滞在ではございましたし、何ひとつお役にもたてませなんだが、たいへんよくしていただき、こちらのお国もお辛いところをずいぶんとお心遣いをいただきました。どうもありがとう御座います」

「そんな、礼をいわれるなど……」

ヴァレリウスは恐縮して云った。

「どうぞ、ただちに出立の御準備にかかって下さい。こちらのことは本当にもう何ひとつお気になさってはなりません。私どももうずいぶん落ち着いておりますし――ゴーラ王のほうについても、とりあえず、このところは大人しく……はしておるようですし……」

（そうでもないか……）

さきほどの会談のようすを思い出して、ちょっとヴァレリウスは苦笑した。だが、それよりも、ヴァレリウスには、気がかりなことがあった。

メルキウスが重ねて礼をいい、別れをつげ、また出立のおりにはあらためて、と言い置いて出てゆくと、少しようすをみてから、すぐにヴァレリウスは当直の魔道師を呼んだ。

（くそ……こんなときにも、ヨナがいてくれないのが……痛手だな。ヨナがいれば、すぐにも相談相手になってくれように……）

「お呼びでございましたか」

当直の下級魔道師がやってくる。同時にヴァレリウスは、当初サイロンにさしむけようと思っていた上級魔道師のドルニウスをも室にくるように心話で言いつけてあった。

ただちに、黒い魔道師のマントをまとった不吉なすがたが、二つあらわれてくる。

「お前は、ちょっと命令を待ってようすを聞いておれ」

当直の魔道師に命じると、ヴァレリウスは、ドルニウスにたずねた。

「お前は多少はサイロンの様子をあちらに駐留しているものたちから聞いたのだったな」

「はい」

「それについてちょっとたずねたいことがあるのだが——通常、黒死の病というものは、なにせ空気にのって感染するようなおそるべき病だ。当然、ある地域限定で伝染する、というようなことはない。——だが、お前は、今回に限っては、『被害はなぜかサイロン市中だけに限られているが、被害はたいそう大きい』と云った。それに相違ないか」

「ございませぬ」

「おかしいとは思わぬか……」

ヴァレリウスは薄いくちびるをかみしめた。

「あちらにいる魔道師どもはそれについてどのように思っている。もしいま必要とあらば、あちらと遠話で連絡をとり、サイロンの詳細について知りたいのだが。——必要ならばここにいる魔道師——お前はなんというのだっけな。ああ、ハンスというのか——ハンス魔道師なり、それだけで足りなければ他のものの力をも集めて使うがいい。ともあれ、急いでサイロン市中のようすを出来うるかぎり確かめたいのだ」

「かしこまりました。ただいま、ここで精神集中に入ったほうがよろしゅうございますか」

「いや、俺はまだちょっとしなくてはならぬことがいろいろある。というよりも、報告にゆかねばならぬ。いろいろ処理しなくてはならぬこともあるので、一ザンほどかかるだろう。そのあいだに、サイロンのようすを極力情報をあつめ、そして俺が戻ってきたらただちに報告出来るようにしておいてほしいのだが、そのためにはここよりもむしろ魔道師の塔なり、魔道師用の室のほうがよければ、そちらに移動するがいい。ここでは困る」

「わかりました。では『魔道師の間』でハンス魔道師をお借りして、あと数人下級魔道師を集めまして、サイロンと連絡をとってみることにいたします」

「そうしてくれ」

言い捨てて、ヴァレリウスは急いで執務室を出た。

リンダ女王に、メルキウスがサイロンに急ぎ戻る、という報告をしなくてはならなかった。だが、同時に、それを、イシュトヴァーン王には悟られたくなかった。どうせ、いずれはわかってしまうことだが、それはなるべく、一ザンでも二ザンでも遅らせたかった。

（あちらから、代理の大隊がやってくるまで、本当は知られたくないのだが、そうはゆかんだろうな……どうして、メルキウス准将が急に宴会や公式行事に出席しなくなり、副将のアルクス大佐ばかりが出てくるようになったのかとか……場合によっては、あやつもなかなかぬけめがないから、パロ駐留のケイロニアの部隊の員数が半減していることくらい、とっくにつきとめてしまうかもしれぬ。――そうなる前に、こちらで適当に言いつくろって――お前がおかしなことを考える前に、ちゃんとあちらから援軍がつくのだぞ、とおどしてやったほうがいいのかな。だが、そんなことでそうそう簡単に脅かされるイシュトヴァーンでもあるまいし――）

（それに何より、リンダ陛下だな。――陛下はメルキウス准将をけっこう気に入っておられたし、頼りにもしておられた。いまこのような状況で、メルキウス准将が国表に帰ってしまうときいたら、事情がやむを得ないことはよくわかっても、リンダ陛下としてはやはり寂しくも、心もとなくも思われるに違いない）

それに、辛うじて国内でリンダの信頼する武官である、若き聖騎士侯アドリアンも、いまのところは、イシュトヴァーンを刺激せぬために、カラヴィアに戻っている。いや、カラヴィアに戻る、というのは口実であった。カラヴィアに戻ってしまえば、クリスタルからは遠すぎてなかなか戻ってくることもままならない。それでは、いま現在、たとえ経験不足であるにせよ唯一の力ある武官として、国の防衛の役にはたたぬ。

だが、アドリアンも短気である上に、リンダに思いをよせていることが知れ渡っている。それゆえ、リンダは、イシュトヴァーンとのあいだにもめごとがおこることを恐れて、アル・ディーン王子をマルガにかくまったのと同時に、アドリアン聖騎士侯に、カレニアで待機するように命じたのであった。同時に、逆にアドリアンが本来率いているカラヴィア騎士団、一応いまのパロでは最強とされているカラヴィア騎士団を、カレニアでアドリアンと合流するように、国もとを出発させてもいる。

とはいえ、カレニアからでも、兵を率いてかけつけるのはそれなりの日数がかかることはしかたがないし、そのあいだに、もしもなんらかの危機が勃発すれば、それに対処するにはあまりにも、現在のパロ宮廷の兵力は手薄である。それゆえにこそ、ケイロニアに頼み込んで二個大隊とそれを率いる経験ゆたかな武官とを借り、なんとか宮廷とパロそのものを守ろうとしたのがケイロニアとの条約のおおもとである。

(ウウム——確かに、手薄だな……)

そのメルキウス准将が、しかも一個大隊を率いてサイロンへ戻ってしまうとなると、残されるのは、副将アルクス大佐が率いる一個大隊のみ——ほかに、現在クリスタル・パレスを守っているパロの騎士団をかきあつめてみても、せいぜいもう二個大隊増えるくらいのところだろう。ほかのものたちは、地方の警備に出ているものもあるし、またパレスではなく、クリスタル市のあちこちの市門にも当然、警護の部隊はおかなくてはならない。ユノ、シュク、ケーミなどの国境には当然それなりの国境警備隊が必要であり、その本隊のほうはある程度、その地域で集めた兵士や傭兵でまかなうにしても、上にたってそれらの雇いの兵士たちをおさえ、指揮をする職業軍人の部隊は確実に必要で、内乱後に残された数少ない騎士たちはみな、それぞれに兵士を率いてそれらの任務に散っているのだ。

（現在、クリスタル・パレスに残されているのは……女王騎士団の一個大隊と……クリスタル騎士団一個大隊が辛うじてというところか……これは、少し——サイロンからかわりの兵が届くまでのあいだ、地方から呼び戻したほうがいいのかな……）

とはいうものの、国境の警備もこうなるときわめて大切になってくる。

まして、いまは、ユノにイシュトヴァーンの兵士八百人が残されているのだ。ユノの兵は絶対に動かせない——というよりも、いまでも、もし万一にもイシュトヴァーンが兵を動かそう、という気持をおこしたら、それでは少なすぎる——というよりもあっという間に制圧されてしまうだろう。人数的には五、六百人、一応それほど劣らないようにみえたとしても、残念ながら鍛え抜かれたゴーラ軍と、内戦で疲れはてたパロ兵では、もとの地力が違いすぎる。

（まあ——とにかく、なんとかして、メルキウス准将軍のかわりの兵士たちと指揮官がサイロンから到着するまで、イシュトヴァーン軍となにもことをおこさずにすませることが出来れば……)

ヴァレリウスは頭ががんがんと痛み出すのを感じながら思っていた。

(それまでは、何を無茶をいわれても怒ったり、ましてや挑発がましく感じられるようなことは一切云わずに……リンダ陛下にも、メルキウス准将が去ったことは残念ではあるが、そのかわりに、とかたく申し上げて……)

ふっと、ヴァレリウスは、イヤな気持がした。

(なんというザマだ。——こんなことを考えているのは……こんなことを考えなくてはならないというのは、まさにいま、パロは国家のていなど、なしていない、ということだな……)

ろくろく国を、首都を守ってくれる兵士も武将もいない。

そもそもそれらの騎士たちを養うだけの財源、食糧も乏しい。やっとのことでなんとか、財政は、とことん底を突いていたちょっと前よりは、多少上向いてきてはいるが、それは、たかだか国家の賓客ひとりがきただけでたちまちにあやしくなるていどの余裕でしかない。

そして、首都どころか、宮廷そのものを構成する貴族たち、武官たちも、みな未経験の若い二代目を無理矢理にそう仕立て上げたものばかりだ。貴婦人たちだけは数多いが、それはいくらいても逆に足手まといになるだけの話だ。

（こんなに、パロが追いつめられたことはこれまでの長い長い三千年の歴史のなかで、なかっただろうな……）

むしろ、内戦のときよりも、その後の苦しい、立ち直るための苦闘のあいだよりも、いまのほうがよっぽどパロは苦境にたっている、というべきなのかもしれぬ、とヴァレリウスは思った。

（どうして、こんな時期に、クリスタルをはなれてしまったんだ、ヨナ……）

ヨナがいれば、まだしも、イシュトヴァーンを多少懐柔する役にはたってくれたかもしれない。

だが、それも、ヨナがイシュトヴァーンの同郷人で、あまつさえ幼な馴染みであるからなのだ、と考えると、ヨナもまた、はえぬきのパロ人というわけではない、もともとは外国人なのだ、ということを、ヴァレリウスは考えないわけにはゆかなかった。

（アル・ディーン王子はあんなで頼りにならないし……アドリアン侯は若すぎるし、マール公は年を取りすぎているし……じっさい、使えるやつなど、誰もいやしないな……）

（ああ、いつだって、俺ひとりが貧乏くじをひくんだ……どうしよう、もし、俺のせいで――何も出来ぬ無能な魔道師宰相のせいで、パロの三千年の伝統ある歴史に幕をひいてしまう、などということにでもなりでもしたら……）

詫びるために自害したところで追いつかぬほどの責任ではないか、と思う。そんな責任など、ヴァレリウスは、まったく引き受けたくもなかった。

（おうらみ、申し上げますよ、ナリスさま……どうして、亡くなってしまわれたんです。どうして……こんな重責を、たかが私ごときの、無能で経験不足の若僧の上にかけたまま、いなくなってしまわれたのです。——いや、それもこれも、イシュトヴァーンのやつのせいだと思えば……いっそう、うらみはひとしおですが……あなたもまだ、決してそんなお年ではなかったとはいいながら、生まれついてパロ聖王家の人間であるあなたは、ちゃんと帝王学もおさめておられた。また、人々を黙ってひれふさせるだけの風格も持っておられた。——私に、いったい何があるというんです。能力もなければ……人望も人徳もありゃしない。あるのはちゃちな魔道力だけだ。あたりまえです。私はただの——私はただの魔道師なんですからね……）

リンダにこととしだいを報告し、サイロンで伝染病がかなりの猛威をふるっているようだ、ということを説明するのは、なかなか難儀な仕事だった。

リンダは、メルキウスの帰国と、それにともなう、クリスタル宮廷の警備がとみに薄くなったことよりも、サイロンで、グイン自身が感染しはせぬだろうか、という恐慌に近い恐怖にとらわれてしまったのだ。それを安心させ、「この病はとりあえず、若くて頑健なものよりも老人、女子供、それに病人からえじきにしてゆくもののようでございますから――グイン陛下のような逞しい、鍛えたおかたがかかられるのは、おそらく一番最後と思いますよ」と、なだめすかすのに、ヴァレリウスはしばらくかかってしまった。

リンダにせよ、だが、それでパロ宮廷の警備が手薄になった、ということについても、心配しようとどうするすべもなかった。

「わかったわ、ヴァレリウス。とにかく、そのことをなるべくイシュトヴァーンに知られないようにすることと……それに、なるべく、イシュトヴァーンを、いやな言い方だけれど、怒らせたりしないようにしておけばいいということね。私が、とりあえずはイシュトヴァーンの機嫌をとって、なんとかサイロンから次の部隊が到着するまで、何も起こってないふりをして……何も、これまでとかわらないふりをして宴会をしたり、イシュトヴァーンの相手をしたりしていればいいんでしょう」

「ということに、なりましょうか……そのようなお願いをするのは申し訳なきしだいですが」

「とんでもない。せめてそのくらいは出来なくてはね。――それに、きのう、イシュトヴァーンに、私、申し出られているの。イシュトヴァーンは、マルガにゆきたがっているわ。――マルガにいって、ナリスの墓どころにもうでたい、というのよ。それは、ここにきたことのひとつの目的だったし、そうすることでよほど私の気持をやわらげることが出来るのではないかと期待しているみたいだわ。——こういうさいだから、本当だったら、私、とてもそんな気持になれないところだけれど、かえって、いまはクリスタル宮廷をはなれてしまって、マルガにイシュトヴァーンを連れていって……ナリスの墓参をさせるような小旅行をするのも、それはそれかもしれないわね。——もちろん、彼は、マルガで自分がしたことについてはよく知っているので、マルガの市民に非常な敵意をかっていることもわかっているわ。だから、お忍びで、旅行したいといっている。私も一緒にゆくとしたらなおのことマルガの市民たちはおさまらないでしょうし、私も、お忍びのほうがいいかもしれないと考えるわ。そのだんどりを……ああ、そうするとまたあなたに頼むことが増えてしまって、あなたの負担が増えてしまうのね、ヴァレリウス」

「そんなことはもうこのさい云っておられませんが——しかし、マルガへ……」

ヴァレリウスは難しい顔で考えこんだ。

「ということは、ディーンさまを、また、マルガから、どこかへ移動させなくてはならない、それが先決だ、ということですね……」

「ええ、そうなるわね。私、思ったけれど、マリアか——それともカレニアか、そのくらいがいいのじゃないかしら。ことにカレニアにはアドリアンとその部隊がいるから、少しは安全だわ」

「まあ、それにこしたことはないでしょうね。マルガのなかですと、何がどうならぬものでもない。私もやはり少々心配です」

「その旅行のあいだは、それに、クリスタル・パレスも少し静かになって、人心も鎮静すると思うわ。——どうも、貴婦人たちにせよ、このところ何かと気持がうわついてざわざわしているようで、私、いやなの」

「それもそうですね。いずれにせよ、まずはだんどりを考えておきますよ。それに、とにかく、イシュトヴァーン王をクリスタル・パレスから引き離すのには私も賛成です。マルガで、ゆっくり滞在出来れば、そのあいだにメルキウス准将部隊のかわりが到着してくれれば一番いいわけですからね」

「ええ。でも本当に、サイロンの黒死の病の話は心配だわ。本当にグインは大丈夫かしら」

「大丈夫ですよ」

疲れきった表情でヴァレリウスは請け合った。

「あのかたほど、大丈夫なかたはありませんとも。あのかたが大丈夫でなくなってしまわれたら、それこそ、中原はひっくりかえるような騒ぎになってしまうことでしょうよ」

第二話　黒　雲

1

「御報告申し上げます」

影のようにあらわれたドルニウス魔道師が、ヴァレリウスにむかってそっと頭を下げた。ごくごく内密の話であったので、ヴァレリウスはいつものように宰相の執務室ではなく、宮廷づかえの魔道士たちがかたいバリヤーを張っている、おのれの魔道のための控え室にドルニウスを呼びつけたのだった。

「サイロンの様子はわかったか?」

「はい、先日御報告申し上げたのとそれほどいまの状況そのものは変わってはおらぬようですが、ほかにいろいろとわかったことがございましたので、そちらから御報告申し上げます」

「というと」

「依然としてサイロンでの黒死の病は猖獗《しょうけつ》をきわめており、アキレウス大帝が発病のおそれがあったのでいそぎ光ヶ丘の隠居所へ、オクタヴィア皇女ならびにこれまた安全に隔離しておきたいのであろう幼いマリニア皇女をともなって出発したことはすでに申し上げました。その後大帝と二人の皇女はすでに光ヶ丘に到着し、光ヶ丘には、かつてないくらい厳重な警戒態勢が敷かれて、サイロンから病原菌を保持した人間がまかりまちがって避難してきたり、大帝をたずねたりすることがないよう、非常に厳密な隔離と警備が行われているということです。ちなみに、アキレウス大帝は、発熱し、ちょっと一瞬発病が疑われて、それで黒曜宮は大騒ぎになりかけましたが、さいわいにしてその熱は黒死病のそれとは違っていたらしく、いまは熱もさがり、平穏にしておられるということです。ただ、高齢でもあれば、健康状態もいまのところもともとそれほどよろしくはないので、この後アキレウス帝が黒曜宮はまだしも、サイロンに戻る見通しは一切立っていない、ということです」

「それはそうだろうな。それから」

「グイン王の王妃、シルヴィア皇女も同じく出発いたしました——ただ、少しおかしなことがございます」

「というと」

「シルヴィア王妃は、アキレウス帝及びオクタヴィア母子とともに光ヶ丘の隠居所に入るかわりに、サイロンをとりまく七つの都のうち北西に位置する闇が丘に移動しました。ここにはもともと、かなり古い時代の離宮が建設されていたのですが、その後それを使用する皇族はなく、ずっと打ち捨てられていた状態になっていたのです。規模は小さいですが設備は整っていて、ただ、黒曜宮のケイロニア皇室が発展するにつれて、その程度の離宮ではとうていまかないきれなくなり、それでそこは使われなくなったという話なのですが、今回急ぎその闇が丘の離宮に手を入れて使えるようにし、それがすみしだいシルヴィア王妃がごくわずかな側近と警護の一個中隊ともどもそちらに移ったというのですが、この話にはややいぶかしいところがございます」

「とは？」

「闇が丘の離宮というのは、ただ打ち捨てられただけではなく、いろいろとそこで縁起の悪い出来事が過去に起こったゆえに、見捨てられたのだ、という話を、調べてきた魔道師がおりました。――サイロンに駐在している魔道師ですが、闇が丘の離宮で、何代か以前に、きわめて位の高い皇族の暗殺事件が起こっているという話をしておりました。詳しいことは、必要とあればまた調べさせますが、闇が丘に滞在しているあいだに政変がおこり、暗殺されたというので、皇帝ないしそれに準ずるほどの皇族であったようです。それと、それに引き続いて、何人かの皇族が闇が丘の離宮に長期幽閉され、そのなかでまた闇が丘で文字どおり闇から闇へ葬られたものもいる、ということで、闇が丘の離宮といえば、かなり縁起の悪い、ケイロニア皇帝家にとっては非常に不吉な場所として、好まれていないそうなのです。それでとうとう使おうとする皇帝もなく打ち捨てられた状態になり、常駐していた警備隊や離宮の使用人たちもサイロンに引き揚げてしまったとか。いま、そのような場所を、いかに疾病から隔離するためとはいえ、グイン王の王妃であるシルヴィア皇女を住まわせる場所に選ぶ、というのは、グイン王として、またアキレウス大帝としても、ずいぶんではないかと思うのですが。——また、それ以前から、そのサイロン駐在の魔道師からいくつか聞いていた出来事があり、それは、どうも、シルヴィア王妃とグイン王の間柄がうまくいっていないようだ、ということです」

「ほう」

「シルヴィア王妃は非常に体調が悪く、ずっと気分がすぐれない、というのを理由に、この半年以上のあいだ、ほとんどの公的行事に参加しておりません。アキレウス大帝の代理が必要な場合には、オクタヴィア皇女が出席するか、あるいは宰相ランゴバルド侯が出席することが多く、シルヴィア王妃は、文字どおりケイロニア皇族としての役割をなんら果たしておらない、というのが実状のようです。そしてまた、この新年に、グイン王が実質的にケイロニアの支配者となり、アキレウス大帝は皇帝在位のままほぼ隠退状態になる、という、きわめて重大な——これほど重大なものはないような発表が行われた新年会の席でさえ、シルヴィア王妃は出席しませんでしたし、代理も立てませんでした。――つまり、文字通りシルヴィア王妃は現在、ケイロニア皇帝家の一員とみなされていない、というような状況のようです」

「ふむ……まあ、確かにもともとあまりグイン王とうまくいっているというようではないという報告もあったな……」

「グイン王がパロ内乱のために出動されるまではいたって仲むつまじかったという報告もあります。しかし、その後、グイン王が出動するのが、新婚間もない時期であったということにシルヴィア王妃が非常に腹を立て、それ以来グイン王の消息さえ聞かなくなったとか、いささかの乱行が目立つとか、そのような話もサイロン宮廷には流れておりますが、これはあまりに重大なことですので、おおっぴらにうわさ話にまではなっておらず、こそこそと隅で囁かれている程度です。――しかしグイン王が無事帰国して盛大な歓迎の宴が張られ、そして新年会で、グイン王の帰国に喜んで健康をかなり回復したアキレウス大帝が、今後ケイロニアの統治をグイン王にまかせる、という発表をしたさいにも、シルヴィア王妃はいずれの祝宴にも参加せず、あまつさえ、アキレウス大帝はその発表のさいに、『シルヴィア王妃は体調不良のため地方に長期逗留して健康を取り戻すことを第一とする』ということを公にされたようです。それと同時にオクタヴィア皇女の夫にしてマリニア皇女の父であるサイドン伯爵マリウス卿がケイロニアの皇帝家の籍を抜け、ササイドン伯を返上する、という発表もなされましたことはすでに御報告申し上げました」

「ああ、聞いている」

「そのようなわけで、いま現在シルヴィア王妃はごく少数の警護と身辺の世話をするものたちともども、闇が丘の離宮に滞在しているわけですが、話によれば、闇が丘の離宮は、内からだけではなく、『外側からも』しっかりと警護され、施錠され、外側つまりサイロンから避難してくるものたちと会えないように警備されているだけではなくて、つまり……シルヴィア王妃は……」

「幽閉状態にある、ということか」

ヴァレリウスはずばりと云った。ドルニウスはうなづいた。

「それも相当にきびしい警戒のなかで幽閉されているようです。一切外部と連絡のとれぬ状態で隔離されているというので……ひとつの可能性としては、実をいうとすでにシルヴィア王妃が黒死病を発病している、ということもありうるかもしれませんが、ただ、今回の黒死病はきわめて進行が早いので、もし万一にもシルヴィア王妃が黒死の病に罹患してしまっていたとすると、もう闇が丘に隔離されるまでの段階で落命しているのではないかと——もともとが健康状態がよくないということで、ずっと静養しているようなありさまだったのですから」

「さもなくば、ウラに何かケイロニア皇帝家の事情があって——シルヴィア王妃を隔離幽閉しなくてはならぬことが起きている、というわけだな」

「その可能性のほうがかなり高いのではないかと思います。むろん闇が丘の離宮には、近づけませんが、サイロン駐在の魔道師の話では、特に闇が丘に医師団の出入りが激しかったりということはなく、つまりシルヴィア王妃の健康上には、それほど変化は起きていないと思われる、ということですから」

「グイン王とのあいだに何かあったな」

ヴァレリウスはつぶやいた。

「ドルニウス、お前、ご苦労だがそれについてもうちょっと調べてみてくれ。だが、いまサイロンに駐在している魔道師たちは、みな黒死の病の危険にさらされているわけだな。むろん魔道師たちだから、通常人よりははるかに安全だろうが……」

「それでもまだあまり修業の行き届いていない下級魔道師のなかには、罹患した死者も一人二人出てしまったようです」

ドルニウスは苦々しげに云った。

「まあ遠話、心話の接触で罹患することはあり得ませんが、そのようなわけで、サイロンから直接に情報収集してきた魔道師をこちらに近寄せることは難しいので、今後の情報収集については、すべてやはり、心話を通してになると思うのでなかなか思うにまかせません。宰相閣下さえよろしければ、私なり、私クラスの上級魔道師があらたにサイロンに入って少し、本気で情報を集めてきたほうがよろしいのではないかと思われますが――ただ」

「ただ？」

「現在、サイロンの警護がおそろしく厳しくなっております」

ドルニウスはフードのなかで瘦せたおもてをひきしめた。

「かつてないほどの警備陣が敷かれ、十二神将騎士団の相当数が《外側から》サイロンを守っております。そして、サイロンへの出入りは極端に制限され――むろん魔道を使う分にはとりたてて問題はないとは思いますが、普通の間諜などは一切入れず、出られない状態です。じっさい、黒曜宮とサイロンのあいださえ、ほとんど交通は途絶しております――それは流行病の状態を考えれば当然なのですが」

「ということは、しかし、それほどの距離でもないのに、風ヶ丘の黒曜宮には、黒死病は蔓延してはいない、ということだな？」

ヴァレリウスは確かめた。ドルニウスはうなづいた。

「黒曜宮でもしひとたび死者が出たら、それこそケイロニアの国政は崩壊するのではないかと思われます。それほど人々は浮き足立っている、とサイロン在駐のカリウス魔道師は云っておりました。ことにサイロン市中の動揺は当然のことながら酷く――それに、それだけ動揺するのも当然なほどに被害も酷いようです。さきに御報告申し上げたとおり、被害は老人、病人、女子供から出ていますが、しだいに健康な若者や頑健な壮年男性にも及んでいます。何より恐しいのはとにかく黒曜宮には一切病気を近寄せるな、ということで、神将騎士団も遠巻きのかたちでしかサイロンを守っておらぬ上、その守りかたはどちらかといえば、サイロンを黒曜宮から隔離する、という形式になっておりますので、場合によってはサイロンが壊滅するおそれさえあるのではないかと人々は恐れているようです。サイロンから脱出することは厳禁と公布されたにもかかわらず、非常な恐怖と恐慌にかられた人々が、なんとかサイロンを脱出して安全なところへ逃れようと夜間にひそかな脱走をはかるので、神将騎士団はそれを阻止するためにサイロンの周囲全部に非常線を張っている、ということです。この状態が長く続きますと、サイロン市内はパニックになり、おそらくは暴動だの、またそのうちに医師も食糧も不足してくるでしょうから、それこそ冗談抜きにサイロン壊滅の恐れもありますし……また、当然医師といっても人間ですから罹患する可能性もあるし、現実に罹患する医師も出てきているそうです。この状態があと一ヶ月も続いたら、サイロンは本当に全滅の危機をまぬかれぬかもしれないと、カリウス魔道師は云っておりました」

「そんなに、酷いのか……」

さすがに、ヴァレリウスは息を呑んだ。

「サイロン全滅……」

それは、いかなヴァレリウスといえど、想像もしていなかった惨状であった。というよりも、大ケイロニアは世界最強の国家として、中原のみならず全世界に睥睨《へいげい》しており、そのような急激な災厄に見舞われようとは、まるきりどこの国家元首も、また宰相も予想さえしていなかったのだ。当然のことだった。十二神将騎士団によってかたく厚く守られ、十二選帝侯領がぐるりとまわりをとりまき――いわばケイロニアの心臓であるサイロンほどに、陥しにくい首都は他のどこにもないだろうと、ほかの国家そのものがまず固く信じていたのだ。オロイ湖に守られるクムの首都ルーアンよりも、強力なゴーラ軍が守る新都イシュタールよりも――まして、いまや弱体そのものと化したクリスタルなど論外だ、と、ヴァレリウスでさえ思っている。

(その、サイロンが……壊滅の危機……)

しかも、黒死の病、などという、もっとも予想もされていなかったもので。

(あまりにも、急だな……何か、ウラにあるのだろうか……それも、調べさせねばならぬ……)

確かに、衛生状態がどこもかしこもきわめてすぐれているとはいえぬこの時代、もしも悪い条件が集中すれば、一気に恐しい致命的な流行病がどこかの国、どこかの都市に集中し、あっという間にそこを席捲してしまう、ということは十二分にありうる。そのようにして、つい先頃まで栄燿栄華をほしいままにしていながら、むざんに地上から消滅してしまった、という都市の歴史も、この地にはいくらもあるのだ。

（だが……それにしても……）

サイロンこそ、もしもそのような運命にそぐわない都があるとしたらまさにそれである、とヴァレリウスは何回か訪れたことのあるケイロニアの華麗な首都の光景を思い出していた。

ヴァレリウスが最初にサイロンを訪れたのは、アキレウス大帝の在位三十年記念の祝典に、リーナス伯爵の側近魔道師としてのことだ。

そのときには、黒曜宮がおもだった滞在と活躍の場所であったし、グイン王とはじめてまみえたのもそこだったが、しかし若き魔道師として情報収集にきわめて熱心だったヴァレリウスは、あいた時間にはサイロンの市街をまめまめしく歩き回り、ことにタリッドのまじない小路はどうあっても一度訪れてみたいと思っていたので、祝典のすんだあとも、数日の滞在期間があったのをよいことに、リーナスが出る正式の儀式だの儀礼的な訪問だのはほったらかして、タリッドにいって魔道師たちと近づきになったり、またサイロンのいろいろな名所とよばれるところを歩き回って感心したりしていたのだった。あのときには、自分もまだ若かったし、ものごともまだいまのように重くなかった、と思う。

（何より俺は、そんなパロ宰相なんていう似合いもしなければしたくもない役割を押しつけられていたわけじゃあなかった……）

自由で――いまにして思えばすべてが光り輝いていた、とヴァレリウスは苦々しく思った。

そして、ヴァレリウスは、当時のサイロンの繁栄ぶりに目を瞠りつつも、一方では、

（この程度なら、クリスタルの都のほうがずっと文明度が高いぞ――アムブラのほうが、タリッドよりずっとにぎわってるし、学問の都としても……）と、ひそかな誇りにうたれたのだった。

（あのころは、俺はまだ、しがない一級魔道師にすぎなかったな……）

そして、グインは、まだ黒曜宮に伺候していくらもたたぬ百竜長だったのだ。

（思えば、面白いえにしだったな……それがいま、こんなことになって……）

自分は滅びに瀕しているパロの宰相となって、「最後の宰相」にならぬために苦心に苦心をかさね、グインのほうは堂々たるケイロニア王となって君臨しはじめている。

（そういえばあのときは……まだ本当に少女、という感じのシルヴィア姫が出てきて……グイン王とダンスを踊ったんだったな。あのころから、シルヴィア皇女は本当はグイン百竜長を好きだったのかな。あのかっちん玉の豹のほうは、とうていそんな気持はなかっただろうが……）

なんと昔なのだろう——ヴァレリウスは胸のいたむような思いで思った。

(なんて遠い昔だろう！　百年も前のことみたいに思われる)

だが、それは、考えてみればまだたった数年前のことでしかないのだ。

ヤーンの、人間たちの運命を翻弄するしかたには、一種ドールをさえ思わせる非情なものがある——ヴァレリウスは思った。

(あのときの黒曜宮はすべての柱にあかりがつけられ、提灯がともされ、光り輝いていて、飾り立てられていて、ことばにつくせぬほどの御馳走があとからあとから運び込まれ、沢山の——それこそキタイだのユラニアだの、ありとあらゆる国からの使者団がいて……ああ、そうだ。あのときリーナス坊っちゃんが、キタイの女使節としけこんでよろしくやっていたというので、あとで俺はえらく怒ったのだった……)

そのリーナスもいまやない。まだまだ青年といっていい若さで、リーナスはパロを襲った未曾有の国難の犠牲のひとりとなったのだ。

(あんまりです。ヤーンよ——あなたのなされようはあまりにも、あまりにも非情です……そこにどのような意味を見出せばいいのか、愚かな人間のひとりにすぎぬ私にはわかりません……)

ナリスのこと、リーナスのこと、そしてパロのこと——

一瞬、ヴァレリウスは、叫びだしたいような思いにとらわれた。

が、ぐっとこらえる。自分はいま、そのように恣意的に感情的にふるまうことが許されているような立場ではなかった。そのことそのものが、ヤーンに何か叩きつけてやりたいくらいうらめしい。

「まさか、サイロンが全滅するところまでは、グイン王もおられるのだ、手をつかねて放置しておくわけはないとは思うが……」

ぼそぼそと、何か云わねばならぬ、というだけの思いでヴァレリウスはつぶやくように云った。ドルニウスは顔をあげてヴァレリウスを見た。

「その、グイン王ですが」

「ああ」

「昨夜、サイロンと黒曜宮にあらたに異様な怪異があらわれた、というので、昨夜来サイロンへあまり供も連れずに急行して、事態の収拾にあたっている、という報告がございました」

「あらたに、異様な――怪異？　怪異だと？」

ヴァレリウスは、おのれの入り込みかけていた感傷を忘れた。

「怪異とはどういうことだ。黒死の病のこととは無関係にか」

「わかりません。ただ、これは……ああ、これは、黒曜宮に間諜としてずっとおいてあるユイス魔道師の報告をカリウスを通じて申し上げるだけのことで、未確認なのは申し上げておきますが……のちほど確認しておきます。昨夜、なんでも、サイロンの夜空に、異様な巨大な顔があらわれたそうです」

「異様な、巨大な顔？」

ヴァレリウスは呆れて云った。

「なんだそれは。いかにケイロニアには魔道はあまりおこなわれていないとはいえ、それでもタリッドのまじない小路の魔道師たちもいるし、それらのなかにはグイン王の信任あつく、たびたびグイン王が内密に訪れて相談をもちかける者もいるときいている。なんぼなんでも、首都にそんなおおっぴらな怪異があらわれたら、それはそのままではすまされんだろう」

「どのような顔であったのか、よくはわかりませんが、ひとつではなかったようで」

ドルニウスは幾分困惑したていで云った。

「東西か南北かわかりませんが、両側に二つ――巨大な醜い顔があらわれて、互いを罵り合っているので、そうでなくとも黒死の病の流行の恐怖で半狂乱になっているサイロン市民たちは、これこそサイロン滅亡の予告ではないかとますます恐慌に陥ってしまい――それを報告をうけて、黒曜宮にいたグイン王はただちに馬を飛ばしてサイロン市中にかけつけたそうです。その後グイン王がどのように動いているのかどうかについては、まだ詳しい報告はございませんし、その顔は朝になったときには消えていたようです。

ただ、『今朝はサイロンには朝は訪れなかった』という奇態なことを云っていた者が何人もいた、という話はカリウスから聞きました」

「いったい、サイロンに何が起こっているのだ。何が」

ヴァレリウスは茫然としながらつぶやいた。

「それは確かにただごとじゃない。——もし人数さえ確保出来るなら、何がどうあれ、たとえ病に感染する危険をおかしてさえ、サイロンにお前たちを派遣して、本当の真実を明らかにするよう探ってもらわずにはおかぬところだがな。サイロン、いやケイロニアの状態というのはいまや、ケイロニアにいろいろ頼っている我が国にとっては非常に重大な問題だ。——しかし……」

（グイン王が、万一にも……それで黒死の病に感染したら、いったいケイロニアはどうなってしまうのだろう……）

ヴァレリウスは、ふいにまたしても、ぞくりとするような恐怖にとらえられた。

（グインが——斃れる……）

（そのようなことがあったら——パロも、共倒れだ。——アキレウス帝は、高齢のために病弱になり、この流行病から逃れるために避難しているような状態だ。あとは……盤石にみえ、世界最強の国家とみえるケイロニアには……そうだ、十二選帝侯の存在こそあれ、肝心かなめのケイロニア皇帝家には、オクタヴィア皇女と幼いマリニア皇女、なにやらあやしげな状況に陥っているシルヴィア皇女の三人の女性皇族しかいないということになる……）

（なんということだ。……あれほど盤石にみえたケイロニアに、そんな弱点が——そこをもしまともに突かれたとしたら……ケイロニアは、あっという間に内部から崩壊してしまいかねない。いや、なんとか十二選帝侯が押さえるだろうが……なんといっても、ケイロニアのシンはケイロニウス皇帝家だ。……どうするのだろう。もし本当にケイロニウス皇帝家がついえてしまうようなことがあれば——オクタヴィア姫が女帝として立つのだろうか？　それではうちと——リンダ女王がかろうじて支えているうちと同じことになる。オクタヴィア姫は、一応別れてしまった格好になったとはいえ、まだ夫の立場ではあるらしい《ササイドン伯》に、自分のためにケイロニアに戻ってきてくれと要請するだろうか？　そういうこともありうる——その場合、パロはどういうことになる……マリウス殿下のことはすでにハゾスどのもよく知っている。パロの立場についてもご存じだが……）

（他の選帝侯家があらたなケイロニア皇帝としてたつ可能性はあるか？　それについても調べておかないと……もしもパロにあまり親しみをもっていない選帝侯が、ケイロニウス家の滅亡にさいしてあらたなケイロニア皇帝となったりしたら……パロはケイロニアのうしろだてを失うおそれもあるし——といって、ランゴバルド侯家がケイロニア皇帝になる可能性はまずあるまいし……いや、俺は何を考えてるのだ。いくらなんでも、あれだけの屋台骨が、そうそう簡単に失われるわけはない——第一、相手はグインだ。あの豹頭の英雄が、そう簡単にたかが怪異だの……伝染病くらいで、音をあげるものか)

そうは思いながらも、ヴァレリウスは、不安であった。その不安は、ドルニウスの話をきくほどに、つのるばかりに思われた。

2

「ドルニウス」

「はい」

「ちょっと思ったのだが——そのようにサイロンへの出入りがかたくさしとめられているとすると——なかなか、ケイロニアとパロ間の往復もそれなりに制限されているのだろうな？　サイロンだけでなく」

「はい、それは、すでにワルスタットあたりから、規制がはじまっていると聞いております。万が一にも、他国に黒死の病を《輸出》してしまうことがあってはならない、と同時に、万が一にも、他国からの往来に黒死病が運び出されて、それが原因で他国とのあいだにもめごとがもちあがってはならぬ、ということで、サイロンよりさらにかなり外側に、かなり厳重な警戒線が敷かれ、それは十二選帝侯の各騎士団が交替で守っているということです。そしてサイロンから出ることはサイロンの住人、旅行者、一時的滞在者をとわず現在一切禁じられておりますが、サイロンに入ることも、きびしく制限され、サイロン周辺に用のあるものも引き留められ、また当然外国の使節団などもサイロン入りは断られている——そのために、またサイロンへの食糧の運び込みなども思うにまかせず、それでいっそうサイロンは危機に立っているということです」

「ということは……」

ヴァレリウスはくちびるをかんだ。

(いったん、サイロンに入ってしまえば——それはもう、グイン王が呼び戻したのだから、黒曜宮に戻ることは可能だろうが、メルキウス准将とその部下たちはもう二度とこちらへは当座戻ってこられないということだな)

(それと同時に、メルキウス軍と交替するものたちは……よほど注意しないと、たとえいま現在はサイロン市中にしか流行り病が流行っていないとはいえ、中には当然、なんらかのかたちでサイロン市民と接触したものもいれば——途中までサイロン市内にいたものもいるかもしれぬし——)

(そもそも、サイロン市中でしか流行していない、ということそのものが、相当に不自然だ。黒死の病は風に乗っても、また患者の使った水だの、衣類からだのもうつるといわれている。……だとしたら、それがきっぱりとサイロン市内で本当に流行が途絶えていて、一切七つの丘の他の場所にはひろまっていないとしたら……むしろ、そのほうが相当におかしい。そこには、なんらかの——そうだ、何かの魔道師の意図的な《封じ込め》が考えられる……）

（いや、だが、そういうことも含めて――メルキウス軍と交替する部隊がサイロン周辺からやってくるのだとすると、その部隊のなかになんらかのかたちで黒死の病の病原菌がひそんでいたとしたら――）

（いまのクリスタルはことに、女子供、病弱なものが多い――そこにもし万一、黒死の病が蔓延するようなことがあれば）

ヴァレリウスはぞっとして、思わずヤーンの印を切った。

ドルニウスは驚いたようにヴァレリウスを見上げたが、同じ魔道師だけあって、ヴァレリウスの思いはおおよそ伝わったようだった。

（とんでもないことになる。――いまのクリスタルに黒死の病が入り込めば――下手をしたら、クリスタルは全滅してしまいかねない。いや、あれほど繁栄をほしいままにしていたたくましいサイロンだって、やはり壊滅、という恐怖の声があがるほどにも恐しい病なのだ……）

（これは、メルキウス軍の代替部隊をうかつにクリスタルに入れるわけにゆかない、ということでもあるな。だが――ユノにいれてしまえば、同じことになろうし……それに、代替部隊をクリスタルに入れないとなると、クリスタルの守りはいま現在クリスタル・パレスにいる残りの一個大隊よりほかには増加は見込めない、ということになる。……

これをもし……イシュトヴァーン王にかぎつけられたら――いや、当然、かぎつけるだろう。イシュトヴァーンとても馬鹿ではない。いや、それどころか、相当に狡賢く本当は間諜をあちこちに忍び込ませているだろう。さっきの話も――たぶんすでにパロ宮廷のさまざまなうわさ話をしっかりと把握しての上のことのように俺には感じられた……）

「ヴァレリウスさま」

ドルニウスが心配そうに声をかける。ヴァレリウスは、おのれが、おのれひとりの思いのなかにすっかり沈み込んでいてしまったのにやっと気付いた。

「ああ……すまぬ」

「いえ、私などのことはどうでもよろしいのですが――どういたしましょう。何か、私に出来ることがあれば……」

「とりあえず、もう少し続けてサイロンと、そして黒曜宮の実状を探ってもらうほかはないだろうな」

ヴァレリウスは口重く云った。

「そして、とにかく、その実状を、俺にはすべてことこまかに、なるべくこまごまと報告してもらって、しかしその探り出したことが極力イシュトヴァーンの耳には入らぬよう、イシュトヴァーンの周辺にさりげなく魔道のバリヤーを張っておくことだ。そちらのほうはお前にではなく、他の魔道師に命じるゆえ、お前はただ、サイロンの情報収集を専門にやっていてくれればよい。両方を同時に頼むのは一人の魔道師には荷が重すぎるだろう」

「さようでございますね……」

「もし可能なら、なるべく近づける限りサイロンと七つの丘の近くへ、いま現在ケイロニアに駐在していてサイロンにはいない魔道師をやって、皇族たちの避難の状況とその実態——どのくらい、ケイロニアの幹部、皇帝一族や、また選帝侯たちがじっさいに病気になったり、なりかけたりしているかを調べてもらったほうがいいな。もしも万一にも、高名な選帝侯などが——たとえばアンテーヌ侯などが黒死の病で倒れたりしたら、それこそたいへんな騒ぎがもちあがるだろう。いや、それ以前に、問題はサイロンと黒曜宮のどちらかにいるはずのランゴバルド侯ハゾスかな。宰相が病に倒れれば、ケイロニアは大騒ぎだろう。ハゾス侯はグイン王の信頼もいたってあついことでもあり」

「それについては、最新の報告によれば、ハゾス侯はいまのところサイロンにむかったグイン陛下の代理として黒曜宮をあずかっており、まったく発病や健康をそこねたきざしはないようです。また、現在、先日の新年の宴のときに、十二選帝侯の長老、アトキア侯が隠居を発表され、そのあとめを長男のマローン子爵が相続して新アトキア侯となり、またそれにともなって護民関係のかなめの役となりましたので、若いアトキア侯がずっとこの疾病について責任を引き受けているようです。アトキア侯マローンもまた、まったく発病のきざしはなく——といってもランゴバルド侯もアトキア侯もずっと黒曜宮に滞在しているので、サイロンへは直接近寄っていないのですが、ともかくもそれで黒曜宮の運営のほうは無事におこなわれているようです。ただ、グイン王自身は直接にサイロンのようすを確かめ、災厄に根があればそれを絶つ、と言い放ってサイロンへむかっていってしまい、それきり消息を絶っているので、黒曜宮の人びとは非常に心配している、という報告が、ついいましがた、心話を通してございました」

「グイン王が消息を絶っただと」

ヴァレリウスはまたあらたな衝撃を受けながら叫んだ。

「無茶なことを。たとえ豹頭だろうが、あれほどの勇士だろうが、グイン王そのものは生身には違いないのだぞ。先日このクリスタルで、負傷の身をいやしたときに、我々は十分にそのことを理解したはずだ。無茶をされる——もしもグイン陛下に万一のことでもあろうものなら、大変なことになるだろうに」

「とはいうものの、グイン陛下以外にはまた、このようなあやしい災厄を打破出来るものはおりますまい」

ドルニウスはなだめるように云った。

「ともかく、引き続いてサイロン駐在の魔道師より、報告が入り次第閣下にお知らせするようにいたします。イシュトヴァーン王のことは」

「それは俺がする。心配せんでいい。それから、まだリンダ陛下にも何も申し上げる必要はない――あるていどのことはさきに俺が申し上げたし、それ以上のことは、俺がまた、進展があったときに申し上げる」

「では、私はどのように」

「また魔道師の塔に戻り、サイロンのようすを受取り――特に、グイン王の行方についてなるべくすみやかに調べろと、あちらにいる連中にいっておいてくれ。もしも本当にグイン陛下になにか重大なことが起きるようなら――」

(俺も、サイロンにいって、お手助けをしたほうがいいかもしれぬ……)

ふと浮かんだその考えを、だが、ヴァレリウスはすぐにふりはらった。いま、ヨナもいなくなり、これほど手薄で、しかもイシュトヴァーンが滞在しているクリスタル・パレスを、宰相たる自分があけようものなら、まったくものごとは立ちゆかなくなってしまうことが明らかだったのだ。

ヴァレリウスはドルニウスをさがらせてから、あれこれ人事を考え、それからかなり信頼している上級魔道師のひとりを呼んで、「イシュトヴァーン王の周囲にそれとなくバリヤーを張り、黒魔道師の接触などがないように、また他国の魔道師がイシュトヴァーン王に接触して、いらざる情報をもたらすことがないよう、封鎖しておくように」命じた。

だが、ヴァレリウスにはまだ頭のいたいことがあった。

（これで、もう……上級魔道師はそろそろ最後だ。――ことに、信頼出来るだけの腕のあるものはそろそろ出尽くしてしまった。あとは、それは……下級魔道師やもっと下のもの、見習いみたいな連中はいくらもいるが、そんな連中はいくらいてもものの役には立ちはしない――せいぜいが使い走りくらいのところだ。このところ、サイロンにも大勢出しているし、一応アル・ディーンさまの護衛にもマルガに少しつけて出しているし――ユノにも置いているしな……）

もともとなら、魔道師の塔にももう少しは魔道師がそろっていたはずだ。

だが、魔道師たちも、内乱にまきこまれ、ことにあのおそるべきアモンの騒ぎのときに、けっこう殺されたり、魔道師として役にたたなくなってしまったものがある。それで、魔道師の塔の魔道師たちも、だいぶん数を減じている。ことに、上級のものたちが少なくなっている。

下級魔道師、せめて一級魔道師ならば、それなりの時間で育成することもできようが、上級となると、もはやその上は導師の資格をもつ指導者となるほどの者だ。なかなかにそれを育成し、上級魔道師試験に合格させるのはなみたいていのことではない。それだけに、上級魔道師が少なくなってしまったことは、魔道師ギルドにとってもおおいなるいたでといわなくてはならなかった。

だが、それをいま考えてみたところで仕方がない。ヴァレリウスはあれこれとサイロンの状況を想像しながら、これから先、このような展開になったらどうしたらいいのか、こうなったらパロはどうすべきか、について一生懸命思いをめぐらしていた。

考えはじめると、もともとが根暗であるだけに、考えがどんどん暗い方向に走ってしまう。なかでも一番重苦しく、おそれられるのは、なんといってもグイン王の無事の問題だ。

（あのかたがいなくなったらケイロニアは大変だし、それにつれて、ケイロニアに頼ろうとしていた分、パロも大変になってしまう……）

ヴァレリウスが考えこんでいたときだった。

「宰相閣下。ゴーラ王イシュトヴァーン陛下が、最前言い残したことがある、ということでまた面会を求めておみえになっておられますが」

小姓が告げにきたことばが、ヴァレリウスをぎくりとさせた。

「何だと。――最前言い残したこと？」

「はい。ゴーラ王陛下はそのようにいっておられますが、いかがいたしましょうか。もう、次の間でお待ちになっておられますが」

「ウーム……」

思わずヴァレリウスは唸った。

(まさか、サイロンのことをかぎつけたわけじゃあないんだろうな……)

だが、ここで、賓客としてもてなしているゴーラ王を突っぱねるわけにはゆかない。

(やむを得ぬ……)

「お通ししろ」

ヴァレリウスは仏頂面で命じた。

「それから、熱いカラム水をお持ちするんだ。ひとつでいい。——おひとりでお見えなんだな?」

「はい。控えの間に当直のお小姓二人と、護衛の騎士六人ばかりがお待ちになっておられますが、そちらはそこに待機するようにとゴーラ王陛下が命じられて、おひとりで執務室へ入ってこられました」

「わかった。待っているおつきの方たちにも、お好みの飲み物をあげてくつろいでいただくように」

「かしこまりました」

今夜は、イシュトヴァーンはどんな予定だっただろう——

もう、ヴァレリウスには思い出せなかった。

(また、どこかで、舞踏会があるのだったかな……)

もう、舞踏会も宴会もほとほとたくさんだ、と思う。

それはもしかしたらイシュトヴァーン当人もそう思っているかもしれない。だが、イシュトヴァーンは少なくとも、そういうようすをけぶりにも見せようとはしなかった。いかにも愛想よく、きわめて社交的な様子をして、貴婦人たちを喜ばせるような話をし、にこやかに――かつてないくらいにこやかにふるまっている。言葉遣いは相変わらずだが、かえってそれが「野性的で、これまでパロ宮廷では一回も見たことのなかったような感じで素敵」などという貴婦人も多いのだから、それはそれでイシュトヴァーンのほうは、逆にあまり無理矢理ぎこちなく直そうと思っていないのかもしれない。

（なんとなく――すっかりイシュトヴァーンのやつにかきまわされてしまっている……クリスタル宮廷は……）

特にイシュトヴァーンが何か暗躍したり、かげで誰かと密会したりしているということは一切ないのだから、それはヴァレリウスの不当な言いがかりというものなのかもしれない。

だが、ヴァレリウスには、たったいまサイロンを襲っているというその巨大な災厄さえも含めて、すべてが、イシュトヴァーンがもたらしたもののように感じられてならないのだった。むろん、ナリスの死もそのなかに入る。

（あいつさえいなければ――もっとずっとものごとは違うようだったはずだ……）

とはいえ、そのようなことを口にできたものではない。それで、いっそう、ヴァレリウスのうっぷんはたまるのかもしれない。

「おお、すまなかったな。忙しいとこを、何回も時間をとらせてしまってな、ヴァレリウス宰相」

だが、小姓に案内されて、一人ふらりとヴァレリウスの執務室に入ってきたイシュトヴァーンは、相変わらず、気持が悪いほど低姿勢で丁重だった。

「いえ、私など――何でもございませんが……なにか、言い残されたことがおありでしたとか……」

「ああ。というか、正確にいうとそうじゃねえんだが。言い残したわけじゃねえ。思いついたことなんだ」

イシュトヴァーンの黒い目が、鋭い、射抜くような光をたたえて、ヴァレリウスを見た。

ヴァレリウスはなんとなくぎくりとした。

(やはり、まさかと思うが……サイロンのことを……)

もしもうメルキウスがおのれの軍の半数をひきいてクリスタルを出発し、サイロンに戻ってしまったことがばれたとしたら、イシュトヴァーンはどう出るだろう。

それを考えただけで、ヴァレリウスは背中に冷たい汗が滲んできた。

「と、おっしゃいますと……」

「ほかでもねえ」

だが、イシュトヴァーンの言葉は意外であった。

「フロリーのことだよ！　やつが、行き先も告げずに消えた、ってあんた、云っただろう」

「それは、申しましたが。本当のことでございますし……」

「やつが、どこにいったか、俺は、わかったと思うんだ！」

「え」

ぎくりとして、ヴァレリウスはイシュトヴァーンの精悍な、白くかすかに傷あとの走っている顔を見つめた。

「と、申されますのは……」

「やつは、ミロク教徒だっただろう。そうじゃなかったか？　そうだっただろ？　俺の知ってる限りじゃあ、いつだってなんかしんきくさい格好をして、しんきくさい祈りをとなえて、でもって、金蠍宮にいたときには、まだ正式にミロク教徒じゃあなかったかもしれねえが、『自分はいまにもっと正しい道に入りたい。そのときにはアムネリスさまからおいとまをいただいて、世の人々のためにつとめをはたす』なあんて、ほざいていたものさ」

「…………」

ヴァレリウスはどきりとした。

おのれがいま、魔道師のフードをかぶっていればよかったのに——と思いながら、さりげなく目を机の上の書類に向けて、なんとなく、いかにも急ぎの書類があるのをイシュトヴァーンに邪魔されて苛立っている、というようなふりをして、イシュトヴァーンと目をあわせないように気を付ける。目と目があったら、一瞬にして、イシュトヴァーンに気合い負けしてしまいそうな気がしていた。

「最初はぴんとこなかったんだがな。——さっき、部屋に戻ってから、あれやこれや考えてるうちに、突然ひらめいたんだ。ピン！ ときたんだな」

「…………」

「奴は、ヤガにいるよ、ヴァレリウス。——さもなきゃせめて、ヤガを目指してる。たぶん、ミロクの巡礼に出かけて、そのまんまヤガに住み着くようなつもりじゃねえかと俺は思うんだ——なんとなく、そんな気がしてならねえんだな。いや、だが、この直感のひらめきはおそらくあたってると思うぞ。あの女のいかにもやりそうなこっちゃねえか！」

（あちゃー……）

ことばにしたら、そんなものだっただろう。

ヴァレリウスは、とっさに、なんといって答えたらいいのか、返答に窮した。それは、もっとも見つけられたくない正解だった——だが、イシュトヴァーンは、しごく簡単にその答えを見つけだしてしまったのだ。

「それは……そういう可能性もないとはいえませんが……」

もごもごとヴァレリウスは口ごもった。

「しかし……ヤガと申せば、ここからはまことに遠く……女ひとり、しかも幼い子供連れの……巡礼とあれば、それこそ一年半年でもかかっておかしくないような——しかも、その……このところ、いろいろと報告をもらっておりますが、なかなかに……ヤガへの道が難儀と申しますか、物騒に……なっておりますようで……」

「ああ、それは俺も聞いたことがある」

「草原の民が、これまではたいへん親和的でもあれば、協力的でもあったのですが、このところ、草原でもいろいろとようすがかわってきて——なかには、これまで手を出さなかったミロクの巡礼の群れに、徹底的な掠奪を加えて皆殺しにするような者も出てきている、ということを……聞いております。まして女性の足で、幼い子供をかかえてでは、なんらかの巡礼団にでも入らぬかぎりはとても……」

「それも、聞いたことがある。——というより、どうしてパロはそういうことをほっておくのか、気になってたがな」

イシュトヴァーンはいくぶん手厳しく云った。

「ダネインの大湿原のあちら側、といったところで、そこもやはり、パロが取り仕切ってるには違いねえわけだろ。草原地方がはじまるにはもうちょっとあるからな。ってことは、そのあたりの赤い街道の治安の責任はパロにあるわけだ。——そうじゃねえのか」

「まことに、おっしゃるとおりで、面目しだいもございませんが……」

ヴァレリウスはちょっとうつむいて答えた。

「言い訳になってしまいますが、やはり、内乱以来、ずっと国境警備隊にそれほどの人数を割くような状況でもなく——それに、ミロクの巡礼のほうはこのところ相当に数が増えて参りまして……とても、全部の巡礼団を、パロの警備隊が警護して草原をわたるようなわけにはゆかない状況でございまして……」

「俺は、フロリーはヤガを目指してると思う」

イシュトヴァーンは、執拗に言い切った。それから、目をきらりと光らせた。

「もうひとつ、これも思いついたことだ。ヨナも——ヨナもヤガを目指してるんじゃあねえのか」

「え」

ヴァレリウスはぎくっとしたのを、思わずかすかな肩の動きにあらわしてしまった。

それを、イシュトヴァーンはいくぶん嘲笑うように見た。

「ヨナもミロク教徒だったよ。それも、はえぬきのな。——やつの一家は、一家ぐるみミロク教徒だったんだ。そうして、そのために——ミロクの教えを守るためにやつの姉さんて女は、ヴァラキアの助平なお偉方に手ごめにされたのを悲しんで、首をつって死んじまったんだ。俺がヨナを助けてやることになったのも、結局のところヨナがミロク教徒だったからさ。あいつの親父の——大工だか、石工だかなんだかそんなものだったが、気の弱いおやじ、そいつもミロク教徒だったし、早く死んじまったおふくろがそもそもとても敬虔なミロク教徒だった、とヨナはいってた気がするな。そうして、ヨナもいつもミロクの首飾りを首にかけていたし、一生ミロクの教えを守るんだ、てなことをいってた。——もう間違いはねえと思うな。やつは、クリスタルでのもろもろが一段落したから、長年の念願のヤガへの巡礼の旅に出たんだろ。でもって、フロリーも——おそらく一緒にはいっちゃいめえ、そこまでお前も俺をたばかることは出来ねえだろうと思うが、フロリーもミロク教徒だから、ヤガでガキを育てようと思ったんだろう。どうだ、筋の通った話じゃねえか——でもって、いま、二人ともヤガを目指してるか、それともうヤガについてるか、といったところなんだ。お前がそれをどこまで知ってたか知らねえけどな、ヴァレリウス、俺にはもうすっかりわかっちまったんだぜ!」

3

瞬間、ヴァレリウスは、どのように答えたものか、迷った。

だが、とっさに、頭の中は素早く――嵐のようにかけまわっていた。

(ばれてしまった――だが、それはむしろ本質的な問題じゃない。フロリー――いやフロリー自身よりも、その子供のスーティのことがあとあと問題になってきそうだが、それは、パロにいるのを発見されるよりはおそらく、ヤガにいるところをイシュトヴァーン自身が発見した、というほうがパロに難が及ぶことが少ないだろう。――ヨナについてもそうだ。確かにヨナはうちにとってかけがえのない人材ではあるが、もともとイシュトヴァーンの幼な馴染みでもあれば、ヴァラキア生まれの人間でもある。――もしもイシュトヴァーンがどうしてもヨナにゴーラにきてほしい、と要請し、それを強引に連れ去るようなかたちで実行にうつすとしても――それがパロでおこったことなら、俺もリンダ陛下もパロの重臣を連れ去られた、ということになってパロのメンツにもかかわったり――どうしてもヨナがパロにとどまりたい、と拒んだ場合にもゴーラ相手に外交問題が起きたりするかもしれぬ。だがもしヨナがヤガでイシュトヴァーンと出会うとしたら、それはそれでもう——確かにヨナがいないと俺はとても不便だし、困るし、寂しくもあるが、それはまた別の問題だ……）

とっさにそれだけ考えると、ヴァレリウスはだが、いかにも困惑したていをよそおった。

「それは——そのようなことも、もしかしてありうるかもしれませんが、しかし……」

「しかしもかかしもねえ。俺はもうわかっちまったんだ。ヨナも、フロリー親子もヤガにいる。あるいはヤガを目指してる。——ってことは、俺もヤガにゆきさえすりゃあ、きゃつらを見つけられる、ってことだ。そうだろう」

「………」

「どうなんだよ。奴らはそのようなことは云ってなかったのか。ちょっとでも、ヤガに向かう、というようなことはもらしてなかったのか」

「それは……」

ヴァレリウスはまた、口ごもって、いかにも秘密をもらすのがつらい、といったようすを作った。

「もう……こうなった上はありていに申し上げますが、正直……確かに、ヨナどのはヤガに一度いってみたい、と云っておられました。——それだけではなく、パロからヤガにむかったある親しい人間が、それきり消息を絶っているので、なんとかしてヤガにいってその人を発見して連れ戻りたい、と……フロリーどのについては、ヤガにゆく、というようなことははっきりとは口にされておられませんでした。ただ、誰にももう、この子がゴーラ王の血筋である、などということがわからぬような、安全な場所で、同じ考えをもつ、戦争や流血や強欲や、そういったことどもの嫌いな人々のあいだでひっそりと小さな商売でもして、この子を無事に、戦争とも政権争いやお家騒動などとも関係のないところで育てあげたい、と……」

「だったらもう、決まりだ。それは、ミロク教徒の集まってるヤガしかねえじゃねえか」

イシュトヴァーンは、（お前の考えていることなど、みんなお見通しだぞ）といいたげに、下唇を引っ張った。

「ようし、わかった。俺はヤガにゆく。――ヤガにいって、フロリー親子を捜し出し、ついでに――といっちゃ悪いがヨナも連れ戻してくる。そのほうがお前だって都合がいいんだろう。ヨナがいなくって、不自由してるって云ってただろう、ええ？」

「それは、そのとおりですが、しかし……」

ヴァレリウスはあえてさからってみせた。内心では、このままもしもそれでヤガにゆくために、イシュトヴァーンがユノに駐在している部隊の残りをも率いて、パロを出ていってしまってくれたら、こんなに有難いことはない、と小躍りせんばかりの気持であったのだ。

「しかしヤガはこのところかなり警戒が厳重になり、ミロク教徒と巡礼以外のものはなかなか内部に入れぬくらいになっているときいております。それに、ヤガはかなり、勢力が発展してきており、以前の小都市とは違います。——軍勢も持っていると云う話もききました。それそのものが、平和主義をもってならすミロク教としてはかなりおかしなことではあると思いますが。ただ、ミロク教そのものが、かなり変貌しつつあるようだ、という話も伝わってきております。ヤガに入られるのは——まして中原にかくれもないゴーラ王陛下がお入りになられるのは、きわめて困難かも知れません」

「かもしれねえけど、なんとかするさ」

イシュトヴァーンは云い放った。

「それに、俺も——本当のことをいうと、ずっとこのところ、ミロク教ってやつが気になってる。実をいうと、俺んとこでも——ゴーラでもな、最近けっこうミロク教が話題にもなってるし、それに、なんとなく、確かに数がじわじわじわじわ増えてるようなんだ。間諜に出したやつらからは、クムでもそうだ、という話をきいてる。それにパロ－ゴーラ間の自由国境なんかに、まるでできものが出来てどんどん増えるみたいに、ミロク教徒の小さな村がどんどん出来て増えてゆくんだ、っていう話もきいて、ぶきみなやつらだと思ってたとこだ。——俺の身辺にも、実はミロク教徒のやつがいてな」

イシュトヴァーンは肩をすくめてみせた。

「それはもともとはモンゴールの女だったんだが、ということはモンゴールにもけっこうひそかにひろまってるってことだ。それが俺には気になる。——そのうちいずれ、本格的に間諜をあちこちに放って、いったいどのくらいミロク教徒が現実に増えてるのか、どの地方で一番増えてるのか、以前のミロク教徒といまのやつらとでは実質がかなり違うのかどうか、ミロク教そのものの実態が変わりつつあるのかどうか、いずれそいつらが、戦争をしかけたりしてくる可能性があるのかどうか、そいつはきっちり調べねえといけねえな、と思ってたとこなんだ。俺がヤガに潜入出来れば、それも、いろいろとこの目で見ることが出来る。だったら、お前だって、それはそう悪い話だと思わねえだろう、ヴァレリウス」

「それはそうですが、しかし」

はからずも、イシュトヴァーンのことばにしだいに引き込まれながら、ヴァレリウスは云った。まさしくイシュトヴァーンの云っていることは、ヴァレリウスにとっても、最近の強烈な興味の中心にほかならなかったし、そのために魔道師をヤガに派遣する手配をも、ついさきほどすませたばかりだったくらいだからである。

「では、公的にヤガを御訪問されるのではなくて、潜入されるおつもりなのですか。それは、ゴーラ王陛下として、あまりにも危険すぎはいたしませんか。一千人の部隊をお連れになるとしても、だったらますます目立ちますし——ヤガというのは、いま現在では、かなりきびしく出入りを制限していて、巡礼に化けた諸国の間諜などが入ってくるのをことのほかきつく詮議だてしている、ときいておりますし」

「そもそもさ」

イシュトヴァーンは面白そうに云った。その黒い瞳はきらきらと輝いていた。

「平和主義で戦わないことを信条にしてる国だってのに、なんだって、そうやって、間諜をおそれたり、そんなに秘密主義にしなくちゃならねえんだ？　そうだろう？　俺がもし、そうやってイシュタールへの出入りを厳しく制限するとしたら、そりゃ間違いなく、何かたくらんでたり、これから先なんか軍事的な行動をおこそうとしてるからのことだぜ。それから考えたら、もしヤガが、これまでのその平和主義で戦争は絶対しねえっていう信条もどこへやら、立派な軍隊でも作って、いずれ中原にミロク教徒の大国をでもぶったててやろうっていうつもりだったら……」

「そのことは、私も考えておりましたが」

思わずまた引き込まれてヴァレリウスは身を乗り出した。

「しかし、まさかそれは……あれほどに、平和主義を標榜している、一切不戦を信条としている宗教でありますし……それは、ヨナどのと長年つきあっておりますから、ヨナどのからもいろいろ聞かされておりますし……」

「だから、もしもミロク教が変わったんだとすると、ヨナも——危ねえかもしれねえぞ」

きらりと目を光らせて、イシュトヴァーンは云った。ヴァレリウスははっと身をかたくした。

「危い……」

「ああ、ヨナだのフロリーだの、あの連中はこれまでの古いミロク教徒だし、まったくそのまんまのつもりだろう。もともとヤガだの、テル・エル・アラームだのはミロク教徒の築いた自由都市で、そこでは戦争も武器もない、戦いも争いもいっさいない、ってことでみんなそこを巡礼するのを理想にしていたんだろう。だが、それがそんなに秘密主義になって、そのなかで何が起きてるかをいっさい外国に知らせまいとしてるってのは、どうもただごとじゃねえ。もしかして、ミロク教団に何か大きな変化が起きたんじゃねえか——俺のな、ヴァレリウス、俺の直感てのはよくあたるんだ。でもって、このところ、それほど詳しく調べてるわけじゃあねえから、実数を把握してるってとこまではゆかねえが、実のところ、俺は、ゴーラ内に、徐々にミロク教徒が増えてきて、ミロク教徒の村みたいなもんがあちこちにできてきてる、ってのが気になってたまらなかったんだ。——だからって、まだそれを一切ゴーラ国内ではミロク教を信じることを禁止するだの、そんなことをしようものなら、せっかくいまんとこ静かになりかけてきたゴーラ国内がまたおおいに乱れるだろう。だが、もともと、ミロク教の教えっていうのは、なんていったらいいんだ——国家権力とか、王様が力をもつとか、戦争で他国をしたがえるとか、そういうのにすごく反するもんだろ？　だから、もしミロク教があまりに中原で力をもつようになると、中原諸国はけっこう困ることになるかもしれねえ。それともミロク教が変わったのか——なんか、このあたりは、どうあってもはっきりさせねえと今後のためにならなさそうじゃねえか。それにこれだけ数が増えてくると、たとえそいつらがこれまでと同じように戦争をしねえ主義だ、といっていたって、俺は気になるよ。だってそうだろう、ということは、俺が兵隊をつのろうとしたとき、ミロク教徒のやつらは『自分たちは人殺しは一切しない』とかいって、兵隊にはならねえ、ってことだよ。それが、もし、ゴーラの若い男の半分くらいに及んだりしていようもんなら、ゴーラ軍なんか、成立しなくなっちまうじゃねえか。そうだろう」

「………」

ヴァレリウスは、ちょっと意外の念にうたれて、じっとイシュトヴァーンを見返していた。

イシュトヴァーンが、そこまで、考えているとは思わなかったのだ。

（だが、戦いのこととなると——さすがだな。いろいろと……けっこう大局的なところからものを見ているんだ。そのへんは、さすがにゴーラ国王といえるのかもしれん……というか、ようやくゴーラ国王としての風格が身についてきた、というべきか……）

「おっしゃるとおりです」

ヴァレリウスはいくぶんせきこんでいった。

「しかし、だからといって、ゴーラ王御本人がヤガに乗り込まれるというのはあまりに危険ですよ。もしもミロク教団が変わりつつあるのなら、さらにいっそう危険でしょう。やはりここは、誰か間諜なり斥候なり密偵なりを差し向けて——まずヤガの様子をさぐり、それから……」

「そんなに、のんびりしているつもりはねえんだ」

イシュトヴァーンはいくぶん荒々しく云った。

「お前んちは、古くからの伝統ある王国で、それでもいいのかもしれねえ。だが、俺は、そんなにのんびりはしていられねえ。ゴーラはまだ新興の、出来たばっかりの国だ。その土台もしっかりしてねえし、お前んとこも内乱で人材不足のようだが、そりゃあうちだって同じことなんだよ。というより、うちは、みんなガキばっかりでな。新しく作ったゴーラ軍てのは、みんな若い奴ばかりでさ。だから経験ゆたかな将軍なんてやつは全然いねえ。もっとも、そんなのがいたら俺の下で俺のいいなりに動いちゃくれまいが。だから、なんでもかんでも俺が自分でやらなきゃならねえんだ」

「さようでございますか……」

この述懐には、ヴァレリウスはあまりにも心当たりがあったので、思わず大きくうなづいて同情の意を示してしまった。

「わたくしも毎日毎日、そのことで悩んでおりまして……」

「だろうな。そこでヨナまでいなくなったときちゃあ、たぶん本当に困ってるんだろうと思うよ」

イシュトヴァーンはやや獰猛な笑顔を見せた。

「だからこそ——特にゴーラは文官であてに出来るやつ、信頼出来る奴が少ないからこそ、ヨナにゴーラに来て欲しいと思ったんだが、もしヨナが、ゴーラにはもう決して行かねえ、あくまでも自分はパロに骨を埋めるんだと言い張るなら、それはそれでパロは助かるんだろ。だがどっちにしても、ヨナがヤガにいるだけじゃあ宝の持ち腐れだ。だから、俺は連れ戻してきてえんだよ、やつを。あいつの知能は俺も高くかってるし——とにかく、カメロンひとりになんもかんもやらせてるが、ほかに文官で出来るやつってのが、いまのゴーラにはほとんどいなくってな」

「そんなことを、私などに仰有ってしまって、よろしいので」

「いいさ。そんなの、本当のことなんだもの」

イシュトヴァーンはまた、苦笑した。

「とにかく、その最後にどうするかを選ぶのはヨナにやらせるが、俺としちゃ、どれだけ高い俸給を出してでもいいからヨナに俺の右腕としてゴーラにきてほしい。正直、そうしたらどれだけカメロンだって助かるだろうし——カメロンはもともと文官てわけじゃねえ。あいつは船乗りだったんだからな。だから、まあ、経験ゆたかだから政治家としてもやっちゃあいるが、文官としてはいまいちだよ。それも俺はわかっちゃいるんだ。だが俺のほうはもっと政治のことだの、外交のことだの、経済のことだの、内政のことだの、わからねえからな。——ヨナなんざ、俺よりずっと若いんだ。本来ならまだ見習いの年頃だろうが、幸いにしてパロであんたの下でうんと鍛えられて使えるようになってんだろう。だから、欲しいのさ。そりゃあ、フロリーの生んだガキのためだけにこんなとこまで来るわけじゃねえ」

「ははあ……」

「だが、むろん、そのガキにも興味はあるぜ。だから、俺のもとに連れてこさせはしたい。ま、いろいろ考えるに、やっぱり一番いいのは俺が直接ヤガにもぐりこむことだと思うんだが、駄目かね」

「それはやはり、私としてはお勧めいたしかねますが。あまりに危険ですし……」

「何をやったって、危険は危険だろう」

イシュトヴァーンは肩をすくめた。

「それをいうなら、八百人の軍勢をユノにおいたっきりで、クリスタル・パレスにこうしていること自体、ゴーラじゃ危険だというだろうよ。もしも、俺になんかする気なら——一服盛るにせよ、暗殺するにせよ、思いのままじゃねえか、といってな。だからって、いまのパロがそんなことをするだろうたあ、俺はまったく心配しちゃいねえけどな」

「何をおっしゃるやら……」

「だから、俺は、あさってあたり、クリスタルから、ほんの二、三百人だけ連れてヤガへ下ってみようかと思ってんだよ。とりあえず、ヤガまで直接ゆけなかったとしても、通称『巡礼街道』って呼ばれてる街道があるっていうじゃねえか。草原地帯をぶちぬけるようなさ。そこあたりまで出てみりゃ、相当いろいろ情報は集められるんじゃねえかと思うし——それによっちゃ、また、残りの軍勢を追っかけてこさせて、一千連れて下ってもいい。いずれにせよ、まずはダネインをこえてみようかと思うんだ。俺はダネインの大湿原て、しばらく見てねえしな」

「………」

「もっと人数が必要そうだ、ってことになったら、そりゃまあ、諦めていったんゴーラに戻ってどうにか考えるさ。もしもヤガ周辺がそれこそ、ミロク帝国とか名前のつきそうなくらい、立派な王国にでもなっていようものなら、千が二千であれ、五千であれ、たぶんとうていひと部隊連れただけじゃあどうもならねえだろうからな」

「それはそうですが……」

「ともかくまずは偵察だ。俺はいつだって、身が軽いのが売り物みたいなもんだ。そうして、それが出来なくなったらもう駄目だとずっと思ってきた。王になろうが何になろうが、俺は最前線にいて、身軽におのれの身ひとつで動けるようでねえと駄目だ、とな。——だから、とにかく偵察だけでも俺はてめえでやりたいんだよ。この目でヤガの実態を確認したい。ま、あまりそれをやると、カメロンだのなんだのが、また心配しやがるけどな。とにかく俺がそういうことばかりするから、こうして怪我したり——クリスタル・パレスにもこうして単身に近い状態できたりするから、普通の王はそんなふうに軽々しく動きまわるもんじゃねえ、王国の宮殿にどっしりかまえて、部下どもをあれこれうまく使うもんだ、ってしょっちゅう云われてら。だけど、いまのうちにゃあ、そんな都合よく使えるような、出来る部下なんか、そんなにいやしねえ、いや、一人もいやしねえんだから。っていったらきゃつらも気の毒かもしれねえが、まあ、本当だからな。だってあんただって事情は同じだろ、なんだってあんたがやらねえわけにゆかねえんだろ、宰相だっていうだけでさ」

「それはまあ……」

「だから、ユノからとりあえず、いま連れてきてる連中をクリスタル・パレスにとは云われねえ、クリスタルの周辺まで引き揚げてこさせたいんだが、いいかな。場所はあんたに決めてもらっていい。ただ、ダネインからユノまでじゃあ、連絡するにも、それからこっちにこさせるにも時間がかかりすぎるし、俺もダネインをこえて草原に入るについちゃ、本当をいったら、四、五百は連れてゆきたい。だが、まあ、目立ちすぎるかもしれねえから二、三百でもいいが、残りはとりあえず、クリスタルの周辺に置いておかせてもらいたい。もっと、クリスタルより南でもいいぜ——マルガとか、そのあたりでもいい。そうして、ずっと俺もリンダ女王に申し出ていたが、ことのついでのつもりじゃねえが、ずっとマルガに参拝したかったのでな。それもゆきがけにマルガに寄って、ナリスさまの廟にせめて花でも捧げてお詫びをしたい。それも、おおっぴらにいったらパロ国民の気持をかきむしる、ってことならごくごく隠密でいいさ。だがとにかく、マルガにもうでたい。それから、ダネインに下って——それから草原に出て……そうして、ミロク教の情報を集めた上で、そのあとどうするかを決めて……」

「それはしかし、大遠征になってしまうのでは……」

思わず、ヴァレリウスは口ごもった。

「国王御本人ともあろうおかたが、いかに身軽でいられたいからといって、そこまで本国を、しかも少数の部下だけを連れておはなれになるというのは……」

「パロにいるあいだは、俺は盟邦にいるんだ、何の身の危険もないと思ってるよ。違うか」

するどく切り込まれて、ヴァレリウスはちょっと息を呑んだ。

「それはむろん……」

「マルガに兵をおいとくのが目障りだ、危険だってことなら、どこにおいておくのが一番いいか教えてくれ、そちらで決めてくれてもいい。ただし、ダネインにすぐに下ってこられる場所でないと困る。俺も、それこそそう長いこと大湿原に逗留なんざ、していられねえからな。そうして、とにかく連絡をしてから数日以内で残りの兵が届くようにしておきたい。――俺んとこは、あんたんとこみたいに、魔道師たちが連絡網を持ってるわけじゃねえからな。早馬で街道をとばしたって、やや時間がかかる。それまでのあいだ、俺は敵中で待ってることになるわけだ。少数の兵と一緒にな。それを考えると、本当はダネイン側のパロ国境まで全員、連れてきちまったほうがいいくらいなんだが――一千人連れて歩いて、あまりあちらの地方の連中を刺激しないですむならな。あのへんの情勢は俺にはなかなかよくわからんしな。それについても教えてほしいんだが」

「それは……まあ……」

「そして、そうやってヤガまでゆくからには当分クリスタルには戻れねえ。それについて、俺はもうひとつはっきりさせておきたいことがあるんだが」

「え……」

　ぎくりとしながらヴァレリウスは云った。

「それは、あの、どのような……」

「決まってんだろう。リンダの返事だ。――まだ返事を貰ってねえが、俺はもう正式に申し込んだつもりでいるんだ。リンダは婚約者がいるのどうのという、いたってあいまいな返事でごまかしてるし、だが決して俺はあいつに嫌われてる、って気はしてねえ。いや、いろいろあって、複雑な気持でいるのは当然だろうと思うが、もし本当に顔も見るのが嫌なくらいだったら、きっとまったくもう相手にはしてくれてねえと思うんだ。――うぬぼれかもしれねえが、あいつは俺の顔をみても、決してそこまではイヤな顔はしねえ。ただ複雑な顔をする――複雑な顔をしてる、ってことは、脈がある、ってことだよ。婚約者がどうのって話もあるが、その当の婚約者だっていうやつに紹介してもらってなきゃ、顔も見てねえのに、なかなかそれだけじゃあ信じるわけにゃゆかねえ。俺をしりぞけるためだけに作り話をしてるって可能性だって、十二分にあるんだからな」

「そのようなことは……」

「ないってのか。だが俺はこれまで、そんな、ナリスさまに弟の王子がいるなんて話、聞いたこともなかったぜ。そんなもんがどこから突然わいて出てきやがった。そんなもんが、これまでいったいどうしてたんだ。内戦のときだって、そんな話はきいたことがない。――これについちゃ、リンダでもあんたでもいいからはっきりさせてほしい。俺はゴーラ国王として正式にパロ女王リンダ陛下に求婚を申し込んだんだ。クムのタリクもそうしたいという意向だと聞いてる。そうしてリンダはもう婚約者が国内にいるとか、もう結婚はしねえとか、俺がナリスさまをどうこうしたからどうとか、毎回いうことが違う。俺は下町で娘っ子を口説いてるわけじゃねえんだ。ゴーラ国王として、パロ女王に求婚してんだ。それはもう、外交の問題だろう。――それについて、はっきりさせろよ。それについて、なんらかの決着がつかねえうちは、ヤガに下ることも出来ねえし――兵士どもを呼び寄せることもなかなかしづらいじゃねえか。俺が出発するまでに、この話は決着をつけてほしいんだ。俺のいいたいことは、それだけだよ」

4

（弱ったことになった……）

一瞬、イシュトヴァーンがクリスタルを出発してくれるのか、と弾んだヴァレリウスの胸中は、そのまま逆に、さらに重たい石をのんだようになった。

イシュトヴァーンが「なるべく早くに、リンダとの正式の会見なり、相談なりの席をもうけてくれ」とかなりきつく言い置いて執務室から出ていってから、ヴァレリウスはいささか頭をかかえたいような気分で、しばらく机の前に茫然と座っていた。

（やっぱり、あいつ――俺が思っていたよりずいぶんと抜け目がない……）

というよりも、これまでの育ちや境遇や見かけどおりの、単純な赤い街道の盗賊の首領――レントの海の海賊あがりの、成り上がりのゴーラの僭王、と馬鹿にしているばかりではいけなかったのだ、とあらためてヴァレリウスは思っていた。

（どうしてどうして――なかなか堂々たる政治家ぶりだ。かけひきも……とうてい馬鹿にできない……言葉つきこそ乱暴で粗野だが、それに騙されて内容を受け取りそこねる

と、大変なことになるかもしれない……気を付けなくては）

イシュトヴァーンに対して、そんなふうに思ったのは、これがはじめてといってもよかった。

これまで何回もイシュトヴァーンとは渡り合っているつもりだが、そのようなことを感じたことはない。

（つまりは、イシュトヴァーンが、成長した——ということなんだろうな……）

その分、しかし、それに対応する自分が受け太刀になっていることも感じる。

（リンダさまに相談しても、困惑させるだけだろう……といって、まもなく出発するから、それまではなんとかごまかして——というほど、簡単な相手でもなさそうだ）

ヴァレリウスは心を決めると、小姓を通じてリンダに緊急の面会を求めさせた。この午後は、いくつかほかに用件もあったのだが、それはすべて翌日まわしでも間に合うだろう、ということに決め、あわただしく女王宮へと向かう。

「イシュトヴァーンが、出発するんですって？」

リンダは、小姓の前触れを受けて、これもいくつかあった面会の用事のあいだの時間をあけ、私室で待っていた。あわただしいヴァレリウスの報告を受けると、そのおもてが微妙に翳った。

「そう、それは私たちはほっとするけれど、宮廷は寂しくなると思うものもいるかもしれないわね。確かにイシュトヴァーンのおかげで、このしばらくのクリスタル・パレス宮廷はとても活気づいていたわ。でもそんなことをいっている場合ではないのね」

「はあ、相手方は、まずユノにおいている部隊をクリスタル、ないしマルガ周辺まで呼び寄せることを認めろ、といってきております。さらに、イシュトヴァーン王自身が、お忍びでもかまわぬゆえマルガのナリスさまの廟に参詣させろと——そして、一番困りますのは……出発までに、リンダ陛下との求婚の問題にはっきりした決着をくれ、といってきておることです」

「それはもう、決まっているのじゃないの？」

だが、リンダは案外にはっきりと答えた。

「もう、あのひとの求婚を受け入れる気持や希望や可能性はパロには一分《いちぶ》もないのでしょう。だったら、それをきっぱりと私なりあなたなりから最終返答として告げるしかないわ」

「それが、困るのは、イシュトヴァーン王が、もしもその、ナリス陛下の弟王子というような婚約者がいるのだったら、それに会わせろ、といってきていることでして……」

「それはもう、いまはここにはいないからとか、遠くに旅行していて急には呼び戻せないといって、突っぱねるしかないわね。そうしたからといって、その真偽はイシュトヴァーンにはわからないわ。——でも、ディーンをイシュトヴァーンに会わせるわけには絶対にゆかないのだし」

「それはもちろんです。ディーン殿下のことは、イシュトヴァーン王は吟遊詩人のマリウス、としてよくご存じでもあり、またその後の、ケイロニア皇女の婿となったことも当然ご存じなわけですから。しかし、今日お話をしてみて、やはりさすがというべきか――なかなかに、これは、だましにくいものがあるな、と思いまして……たまたまいま旅行している、というような言い訳では、なかなか通りそうもありません。もっとしっかりと、これはパロ内部の事情であり、いろいろ事情があったのでこれまで公開出来なかった婚約である、それゆえ、いまもなお公開出来ない事情が続いているので、ナリスさまの喪が完全にあける三年後までは、決して国内外にも公表出来ないのだ、というようなかたちをつくってしっかりとお断りすべきでしょう」

「それは、外交問題としてあなたにお任せしてもよくって？　ヴァレリウス宰相」

リンダは小さなため息をついた。

「私が出てくると、どうも、ただの外交問題というよりも、いささか、恋愛がらみになってしまって、話がややこしいわ。――といっていまの私はちっとも、恋愛問題になんかしたくはないのだけれど。でもここで私が出てくるよりは、あなたがそういって断ってしまうほうがきっとすっきりするでしょう」

「それは私もそう思います。よろしゅうございます、この件については私がイシュトヴァーン王とお話いたしましょう。マルガの参詣の件についてはいかがはからいましょうか？」

「あなたはどう思うの、ヴァレリウス」

「個人的な感情としては、断固として、一切――イシュトヴァーン王をナリスさまの廟に近づけたり、香華をたむけたりさせたくありません」

ヴァレリウスはちょっと固い表情になって云った。

「しかし、外交的に考えれば、それをも拒否してしまうのは、これまで非常に恭順といいますか、協力的、友好的に接しているゴーラ王の顔をつぶしたり、気持を逆なでしてしまうようなことになりかねません。やはりここはぐっとこらえて、当人も内々で、といっておりますことですし、マルガに連れてゆくことは認めなくてはなりますまい。ただし」

「ええ」

「マルガ市民の感情は、我々が想像しているより、ずっとイシュトヴァーン王に対しては悪いと思ったほうがいいと思います。きちんと市民感情を調査したりしたわけではございませんが、ざっと潜入している魔道師たちの話をきいただけでも、他の地方より特に、マルガと、そしてカレニアで、レムス先王及びにゴーラ王イシュトヴァーンに対する感情はきわめて悪いものがあるようです――これは、そこで出た被害の大きさからして当然かと思いますが。ことにカレニア地方では、若者たちがみな死んでしまった、戦死してしまった、ということで非常に残された母親や恋人や姉妹たちは悲しんでおりますが、まだ、そこには『パロのために命を捧げた』という悲愴感や使命感や昂揚感もあるようです。だがマルガでは、そのような感覚にもまして、『ナリスさまを守りきれなかった』『ナリスさまを奪われ、殺された』という感情が非常に強くあるようでして……」

「おお」

リンダはつぶやいた。

「それは、嬉しいことでもあるのだけれど……ある意味では、それほどに熱烈にナリスを慕ってくれていた、ということですものね……」

「さようです。しかし、それでもしもイシュトヴァーン王が公然とマルガに訪れれば、大変な事態になりうるかもしれません。マルガはいま、若者はほとんどみな戦死し、カレニア地方と同じような状態ですが、それでも老人や女子供までが、イシュトヴァーン王に対してナリスさまの仇をとろうとたくらむようなこともないとはいえません。むろんありったけの警備はいたしますが——ですから、もしイシュトヴァーン王にマルガ参詣を許されるにしても、あくまでも内密に、内々だけのことにされたほうがよろしいかと思います」

「私は、いま、思っていたのよ、ヴァレリウス宰相」

リンダはせきこんでいった。

「私、考えてみると――もっとずっといろいろと先にやらなくてはならないことを先延ばしにしてしまっていたかもしれないわ。――あまりにもいろいろやることが多すぎて、それに疲れはててもいたし、考えることも決めることも沢山ありすぎて。だから、ついついあとになっていたけれど、本当は、イシュトヴァーンどころではない、私がマルガに参詣しなくてはいけないんだわ。――マルガに廟が一応完成したときにむろんその式典に参加はしたけれど、それきりマルガにいってあげてない。でもマルガこそ、このたびの戦争の最大の被害者であり、そうして最大の傷ついた地域なのだから、もっともっと、その傷と苦しみに対して、私は手をうってあげなくてはいけなかった。お金の援助も苦しいような状態だったから、何も出来なくてもしかたがない、とついついそのままになっていたけれど、いまなら少しだけでも援助は出来るだろうし、それに、そんなことより何より、私が直接マルガにいって、マルガの市民たちにねぎらい、辛かったでしょうといってあげること、そしてナリスの廟にもうでてその後世を祈ることこそが、マルガの市民たちの気持をもっともやわらげることだわ。――イシュトヴァーンが行くというのだったら、私の護衛のなかにまぎれて一緒にくるのならば許しましょう。そうして、イシュトヴァーンが自分として参詣したいのなら、それはあちらに到着してから、こっそりと夜にまぎれてなり、ひそかにいってもらうことにしたらいいと思うわ。公式の行事として私がマルガに参詣するのなら、何も不思議はないし、それに、マルガもそれでたぶんずいぶんと気持をやわらげてくれると思う。どうかしら、その考えは、ヴァレリウス。それとも、いまの時期に私やあなたがクリスタルをあけてしまうのはあまりにも不安かしら？」

「私も当然御一緒する、ということになりますか……？」

ヴァレリウスはしばらく、この考えについて考え込んでいた。

おのれが考えついたものでないだけに、非常に不安であった。だが、一方では、（それは、いい考えかもしれないが、しかし――）とも考えていた。

（マルガはかなりやわらぐだろう。――マルガの気持を落ち着かせ、とむらうには、リンダ陛下が直接訪れてくださるというよりいいことは他にはない。だが、それが、もしイシュトヴァーンを同行していた、とあとで知れた場合には、かなりマルガの気持も硬化するかもしれん――だが、その場合は、まあ、俺でもなんとかなるかな……）

（それに、イシュトヴァーン王とケイロニアの援助がもたらした金がわずかばかりだがゆとりがある。――あれをマルガに、復興の援助資金として与えるのは、ずいぶんとマルガにとっては助かることだろう。――クリスタルは手薄になるかもしれんが、それは、とりあえずアル・ディーン王子にクリスタルにお戻りいただき、そちらの責任者となっていただいて――いや、俺はやはりゆくとクリスタルががらあきになるかな。だったら、リンダ陛下に同行させるには……マール公しかないか……いささか年をとっておられて不安だし、いざというときには何の役にもたちはしないが……同じ理由でクリスタルに残して責任者としておくわけにもゆかないしな……）

一応、肚が決まった。

「さようでございますね」

ヴァレリウスはゆっくりと、考えこみながら云った。

「それでは、私が往復お供いたしまして、なにごともなくことがすすむようなら私はただちにクリスタルに戻り、もろもろの政務の面倒をみる、ということにいたしましょうか。――そうして、正式のリンダ陛下の同行者としては、いま現在クリスタルに御滞在になっているマール公と、あと聖騎士伯数人をお願いすることにいたしましょう。女王騎士団を二個大隊さいてそちらにあて、そうなるとかなりクリスタルはがらあきになりますから、ユノからのゴーラ軍は、リンダ陛下がクリスタルにお戻りになるまでは動かさないでもらうようにイシュトヴァーン王に交渉しておきます。それが条件だ、ということになれば、イシュトヴァーン王も否やはございますまい。――そうして、あちらでも、御一緒に宿泊されるのはいささか問題がございますから、イシュトヴァーン王には、ごく少数の部下ともども、ひそかに同行していただき、そうしてマール公の離宮にマール公の客として滞在していただきましょう。マール公の離宮ならば、それほど人目につく場所にはございません。――また、リンダ陛下のほうは、いろいろとお気持もございましょうが、御自分の白亜離宮に御滞在いただいて、イシュトヴァーン王とは基本的に行動をともにされない、ということがよろしいかと思います」

「みな、まかせるわ、ヴァレリウス」

「そうして、マルガからリンダ陛下マール公閣下がクリスタルにお戻りになりしだい、ユノから兵を下らせて、ただしカレニアを通過することは非常に国民感情を刺激するだろうから、ゴーラ王にはマール公領をぬける旅程でカラヴィアにいっていただく。そのあとは、まあ――ダネインをどのように渡って、草原でどうなされて、ヤガまで実際にゆかれるかどうかについては、私どもの関知するところではない、ということで――もしも、あちらでフロリー親子を発見されようとも、またヨナ博士を発見されようとも、それはそれで、現在のパロにはかかわりのないことでございますから、イシュトヴァーン二世王子をイシュトヴァーン王がどのように扱われるか、どのようにそれをゴーラが受け止めるかについてももうパロには責任はございません。その意味では……」

（フロリー親子が出ていってくれて、本当に助かったというものだ！）

もっとも、ヴァレリウスは、その本音は、リンダの前では口に出そうとしなかった。

「ともあれ、イシュトヴァーン王も相当にお急ぎのようでございますし、現在のマルガは、また突然にリンダ陛下が参詣におみえになる、などといったら、大慌ての大騒ぎになるような状態でございましょうから——こちらのほうからある程度の支度、糧食なども持っていってやらなくては、いまのマルガはそれこそ、飢えと病と先行きの望みの失われたことで、まったく打ちのめされたままのような状態から、ようやくやや立ち上がろうとしているところですから——そこで、また、女王陛下のご一行を歓待する、などということになればこれは……」

「私は何もいらないとマルガ市長に伝えてちょうだい、ヴァレリウス」

リンダは悲しそうに微笑んだ。

「食べるものなんか、マルガの人たちと一緒で少しもいとわないわ。薄焼きのパンと薄い野菜のスープだけでかまわない、一切もてなしだの歓待だの考えないでほしい、これはおしのびの、私の気持からの参詣なのだから、とお伝えしてちょうだい。そうすれば、少しはマルガ市長も安心なさるのではなくて？　それに、むしろ、こちらからいろいろ、かきあつめて食べ物やお金や飲み物を持っていって——マルガでふるまって、なんとかマルガに少しでも食糧がゆきわたるようにしなくてはと私思っているのよ。まだ、マルガは、困窮しているのでしょう？」

「はあ、働き手がほとんど全滅してしまいましたし——それゆえ、リリア湖の魚をとるものたちもおりませんし、女たちがなんとかかろうじて、リリア湖のアシを刈ったり、浜辺で貝や小魚をすくったりして、暮らしをたてようとしてはおるようでございますが、その程度では、なかなかマルガの生き残ったものたち全部がたつきをたててゆくのはまかないきれませんし——何よりも、クリスタルや、またダネインやカラヴィアやマリアや、ほかの都市との交易の往復がとだえてしまいましたから——ほかの都市もまた、困窮しておりますから、それでマルガに復興のための援助物資も、最初は一生懸命届けましたけれども、なかなかそれを継続するにはいたっておりません。けっこう、マルガでは、餓死しかねないものや、ことに老人や病弱な子供のなかには、ほとんどもう生活が立ちゆかなくなっているものもあるようでございます。もしこんなところに万一にも流行り病いでも……」

ヴァレリウスは口をつぐんだ。

もうひとつの懸念——さっき、イシュトヴァーンがやってくるまでは、最大の懸念であったところの出来事が、突然に重苦しく胸にのしかかってきたのだ。

(そうだ……いまこの瞬間にも、サイロンでは、黒死の病が猖獗をきわめ、グイン王はサイロンに潜入してなんとかして事態を打破しようとしているのだった……)

おのれの懸念にかまけ、ついつい、忘れてしまっていた、と思う。

本当であれば、ただちにこちらからも援助の物資だの、せめてようすをただし、あれこれと心配する手紙や使節などを出してやらねばならぬ立場だが、サイロンのほうがきびしく出入国をはばんで、おのれのその災厄をほかにひろめまいとしているのだとすれば、かえってそれもよけいなことになってしまう。

(どうしたというんだろう。――世界がまるで、突然いっせいに黒い雲に包まれてしまったかのようだ……)

それとも、ずっと、世界はそんなありさまのまま、よろめきよろめき続いてきたのだろうか。

いずれにせよ、ヴァレリウスは、一気にまたしても忙しくなった。つねにおのれの能力にあまる用件をかかえ、ひいひいとかけまわっているヴァレリウスだが、そこにまた、このような突発的な事態がいくつも起きてきたのだ。

(ああ、魔道師が足りない。あと百人くらい、上級魔道師の手助けが欲しい。それだけじゃない……兵隊も欲しいし、何よりも……俺を手伝って半分くらい、どうでもいい日常業務だけでもいいから引き受けてくれる副宰相か、何かそんなようなものがほしい。――だが、そんなことの出来るようなやつは、いまやひとりもいやしない。……ああ、ところで、リンダさまにつけてやる聖騎士伯は誰誰にしたらいいんだろうな。ウーム……あまり若い奴だけではどうにもならないだろうが……とりあえずコンラート伯とサムエル伯くらいのものかな。……そうだ、まずミレニウス宮内庁長官を呼んで、いま残っているありったけの食糧や金を……全部持っていってしまったらそれこそたちまち、明日からクリスタル・パレスそのものがさしつかえるんだから、そうはならぬ程度の金をなんとかして都合してもらえないかと……これは、しかし、もうクリスタル・パレスではどうにもならぬから、ギルド長に頼んで借金をしないと駄目かな。——くそ、もうかなり借金もかさんでいるし、時間もないことだから、ケルバヌスがいい顔をしないのはわかっているんだが……それでも、もう仕方がない。とにかくマルガにゆく《おみやげ》が必要だ。あと、イシュトヴァーンを泊めるのに、マール公にいろいろ話をしなくちゃならないのだな。くそ、これが一番大変そうだ……マール公も悪い人じゃないが、なにせもう高齢だし……ああ、そうだ。じゃあ、マルガについてくるのは、マール公の甥のアマリウス聖騎士侯を筆頭にもってくれれば、マール公も気をよくするし……女王陛下の御幸の護衛に、聖騎士伯だけ、というわけにもゆくまいからな……しかしそうなると、やはりクリスタルががらあきにはなってしまうのはいなめない……まあ、しかたがないか……）

自分はまた、マルガとクリスタルを《閉じた空間》を使って何往復もするはめになるのだろう。

ともかく、時間がなかった。ヴァレリウスは目がまわるような気持がしながら、あちこち飛びまわり、面会の予約をいれ、それから人選の決定の書類を作り、聖騎士団の出動の準備をさせ、マルガへの連絡を入れ、しばらくのあいだ、何ひとつ自分のからだが自分のものでさえないような気持のまま無我夢中で働いた。

ようやく、なんとか目鼻がついたのは、もう、あたりがすっかり暗くなってきてからであった。それだって、話の起こったのがきわめて突発的であったことを考えれば、「大変に有能だといってもいいんじゃないか」とひそかにヴァレリウスが思ったくらいだった。

（ああ……もう、俺は疲れてこのままばったり倒れて死んでしまいそうだ）

このところもう、ずっと疲れたままだ、と思う。

武官はまだ、若いながらもアドリアンもいるし、いろいろと若手を聖騎士侯、聖騎士伯に引っ張り上げて、無理はあるものの人がいないわけではない。だが、最大に不足しているのは文官、役人たちだ。だから、ヴァレリウスが、何もかも命令を下し、それが実行されたかどうかきちんと見届けない限りは、クリスタル・パレスは事実上、停止してしまったような状態になる。

だが、ヴァレリウスは死にものぐるいで働いたので、なんとか、あさってには――明日、というのはヴァレリウスの全能力をしても無理だったのだ――イシュトヴァーンをともなったマール公と、それにリンダ女王の一行が、マルガにお忍びで向かい、リンダ女王が離宮に滞在し、そしてイシュトヴァーンはマール公の離宮に滞在してひそかに小島の廟に参詣する、という手配をととのえることが出来た。イシュトヴァーンは、すぐにでもユノの部隊をこちらに連れてきたかったらしく、リンダがクリスタル・パレスに戻るまで待つ、という条件を聞くと一瞬険しい顔をしたが、ちょっと考えてしかたなさそうに承知した。

「ま、急な話だからしょうがねえな。だが、それじゃ、奴等のほうはそのままおいといて、こちらから連絡するから動いてもらうってことでどうかな。俺のほうはそんなに気長に待っちゃいられねえし、俺がマルガにいたら、俺の身だって危いんだろう。マルガの奴等が一番俺を恨んでるっていったのはお前だからな。──だから、俺は、ひそかに参詣をすませたら、すぐにマルガをはなれたいんだが、いいか。そのルートはお前にまかせるから、とにかくマリアまわりでもなんでもいいからカラヴィアまで下っておきたいんだ」

それは、いかにももっともであると思われたし、イシュトヴァーンがずっと、ごく少数の供と一緒にマルガにとどまっている、というのは狂気の沙汰に思われたのでヴァレリウスは承知した。イシュトヴァーンはずるそうに目をしばだたいた。

「だから、そうなったら、俺がカラヴィアに連れて下る兵士だけは、もうユノからこっちに向かわせていいだろう？　そいつらはマルガに寄せないで、これもあんたにルートを考えてもらうから、直接カラヴィアで俺を待っててくれりゃあいい。それがカラヴィアで話題になってマルガに届く、なんてことは、うまくやりゃ、ねえだろう？　カラヴィアの町なかじゃあなくて、それこそダネインの渡しのあたりで待っていさせたってかまわねえし、そのときゃ、格好はまったくゴーラ軍じゃなく、傭兵どもみたいな格好をさせておくからさ。むろん食事も宿代もきちんと払わせる。ゴーラ軍はごろつきじゃあねえからな。赤い街道の盗賊でもねえし。――それを、三百、いや、二百、先にカラヴィアに向かわせてもいいだろう」

「……………」

ヴァレリウスは、一瞬、ゴーラ王が何かたくらんでいるのではないかと不安になりながら、じっとそのあやしくまたたく黒い瞳を見つめた。

だが、ヴァレリウスは、うなづくほかはなかった。それは、一応筋の通った申し出に思われたし、それに、正直、ヴァレリウスは働きづめに働いて、なかば朦朧としてくるような気分だったのである。いま、もう一切の公務を捨ててマルガの廟にこもっていられるのだったらどんなにいいだろう――と思いながら、ヴァレリウスは、力なくイシュトヴァーンのことばを受け入れてうなづいていた。

第三話　ミロクの町

1

「ようこそ、わが屋根の下へお越し下さいました。わがはらからよ」

首からさげている《ミロクの十字架》をもちあげて額につけ、何回か頭をさげたのち、丁重に、両手をあわせて拝むようにされ、スカールはマントの下で一瞬とまどったようすを見せた。だが、ヨナが丁重に同じように、《ミロクの十字架》を持ち上げてそれに唇をあて、それから胸に手をあわせて、一礼するのをみてあわててそれにならう。

「わがはらからの屋根の下で安らかな一夜を過ごせることは、わたくしども旅の巡礼にとってこの上もない喜びです。ミロク様のお慈悲に感謝を」

「ミロク様のお恵みに感謝を」

宿の主人が繰り返した。そうして、ヨナと主人はかるく、合掌をといて、手と手を作法どおりにふれあった。

「お部屋はお二人ひと部屋で、二階の角部屋になっております。夕食は下の食堂で、鐘がひとつ鳴ったら、そのあとまた鐘が二つ鳴らされるまでのあいだはいつでもお好きなときに降りてきてお召し上がり下さい。三度目に、三回鳴らす鐘が鳴ったら、食事は片付けてしまいますので、二つ目の鐘までにお食事がすんでおられなかったら、お急ぎ下さい。ご入浴は奥の、中庭をこえたところに建っている入浴所で他のはらからと御一緒です。明日の朝も、鐘が鳴ったら食事のご用意が出来ております。――夜は、すべてのカギはあいておりますが、真夜中の鐘が鳴ったら出入りは歓迎されません。夜に御用事があられても、真夜中の鐘までにはお戻りになり、おつとめをすまされますよう」

「心得ております。それでは、ミロクのお恵みを」

「ミロクのお恵みにて、心地よい滞在をはらからがなされますように」

宿の主人が、たいしたこともない荷物を二つ持って先にたち、二階の角部屋に案内してくれ、そしてまた丁重に合掌して出ていった。それは、思っていたより大きな部屋であった。いたって質素だが、清潔で、こざっぱりしている。そして、光の輪を頭のまわりに背負ったふしぎな、女性とも男性ともつかぬ人物が中央に立って白い長いものを着て手を両側にさしのべているまわりに、沢山の人間や動物たちが集まってきている大きな絵が壁にかかっている。ヨナは室に入るとまず、その絵にむかって手をあわせて、それからフードをはねた。

「それでは、ゆるりと過ごされますよう」

「はらからのお心遣いを心から感謝いたします。ミロクのお恵みを」

主人が出てゆくのを、スカールは用心深く見守っていた。それから、そろりとヨナに
「もうフードをとってもよいのか？」と囁いた。

「もう、大丈夫ですよ。ただし、ミロクの宿では、宿に限りませんが、はらからのものをとったり、事件をおこすなどということはありえない、ということになっておりますから、すべての室にも玄関にも、カギをかけることはありません。ですから、いつなんどき、誰が入ってくるかわからないことになっております。それを考えたら、フードをおとりにならないままのほうがいいかもしれませんね。フードをとらなくても、べつだん失礼とはされません。なかには一生、フードをはねないまま暮らすものもいます」

「それもまた鬱陶しい話だな」

スカールはつぶやいた。そして、ぐいとばかりフードをうしろにはねた。

あらわれたのは、いかにもまだ若い、と感じさせる、二十代のなかばから、いっても三十代なるならず、としか見えない、ひげもなく痩せた、学究のように妙に考え深そうに見える顔だった。髪の毛は短くきっぱりと刈り上げられている。スカールの特長であった真っ黒な髭もうしろでたばねた髪の毛もなくなっていた。それが、スカールの最大の変装であったが、確かに、スカールの髭はこの上もなく目立っていたので、いまのス

カールを見たら、しばらく会っていないものは本当にわからなかったかもしれない。ことに、スカールは顔がひどく痩せてしまっていたので、以前の本当に若かったころの精悍きわまりない草原の戦士をしか知らないものには、とうてい予想がつかなかったかもしれない変わりようだった。ヨナはそれを満足して眺めた。

「これならば、大丈夫ですよ、突然ドアをあけられても」

ヨナは片側の寝台の上に荷物をさっそくおき、中をあけて本を取りだしながら保証した。

「ただ、さっきのように、まだミロクの挨拶に馴れていないことが明白なように見えてしまうときもありますので、そういうときには、『はらからよ、お許し下さい。私はミロクの洗礼を受けてより、いまだ日が浅いのです』と云われるといいでしょう」

「はらからよ、お許し下さい。私はミロクの洗礼を受けてより、いまだ日が浅いのです」

スカールはつぶやき、また何回か同じことばを繰り返してみた。

ミロク教徒には、かなりこまかいところにまでわたって、親兄弟から伝えられ、当人も子供のころから仕込まれてきてもうほとんど無意識になっているさまざまな特有のしぐさや礼儀作法、文化がある。そのことは、ミロクの文化圏が近づいてくるにつれて、スカールにはもっとも身にしみて感じられていたので、スカールはきわめて忠実に、必死にヨナの教えてくれるそうしたさまざまな伝統に従おうとし、かなりの部分覚えたのであったが、あまりにもこまごまと沢山あるので、いちどきにはすべて覚えきるわけにはゆかなかった。それでも、スカールは、懸命にミロク教徒の巡礼になりきろうとして、夜ヨナと二人の室に戻ると、あれやこれやと熱心に聞いたり、自分のしぐさのおかしなところを直してもらったりしているのだった。

もっとも、ヨナのほうも多少とまどっている部分があるようだった。

「どうも、いろいろな作法が、地方によって違っているのかもしれませんね」

ヨナはここまでくる途中ですでにそう洩らしていた。

「私がクリスタルでしていたのと、ここにくる途中の街道筋の、ミロク教徒がやっている宿屋とで作法がなんだか微妙に違っています。――といって私が前にしていたとおりにしても、それをあやぶんだり、おかしいと指摘されるわけではないので、そちらはそちらで通用はするようですが、こちらにはこちらの作法があるような感じを受けます。こちらでミロク教徒が増えるに従って、いろいろな礼儀作法の技術が発展して変化したのでしょうか。だとすると、私のは古くてあんまりお役にたちませんね。というよりも……」

ヨナはちょっと秀麗な細い眉を曇らせた。

「逆に、そういう古い作法を使っているということで、どこからきた、どのころからミロク教徒をやっている人間だ、ということが、一目瞭然になってしまって、あまり変装にはならないかもしれませんね。少なくとも、私たちがパロからきたらしい、というようなことはもうまるわかりになってしまうのかもしれない」

「もしかすると、それを明らかにするためにこそ、そうやって、ヤガ周辺に独特の作法が出来上がってきているのかもしれんな」

考えこみながらスカールは云った。

スカールは連れてきたタミルたち、側近の騎馬の民を、どこで待機させておくかについて非常に考えこんでいたが、ともかくもなるべく連絡がつけやすく、すぐにヤガ周辺へ来られるところ、しかもまだミロク教圏内に入っていないところ、ということで、考えぬいた揚句、またヨナともさんざん相談した揚句に、トルース国境をぬけ、スリカクラムに入ったところで、タミルたちをスリカクラムの郊外の宿に待機させておくことに決定し、そこで部下たちとたもとをわかって、いよいよヨナと二人きりの大冒険に乗りだしたのだった。スリカクラムも市内に入ってくると相当にミロク教徒が多いことは一目瞭然だったが、郊外はまだ平和な農村、漁村がひろがっているように見えた。そのなかで、スリカクラムの北方にひろがっている小さな砂漠、スリカラ砂漠のへりのあたりには、小さなオアシスがいくつかある。スカールはタミルたちをそこで待っていて、スカールからの使者があればすぐに指定した場所に来られるようにと取り決めた。使者の役を務めるために、ほんの四、五人の、わけてもはしっこい少年たちを選び出し、それを、これまたヤガに連れて入るわけにはゆかなかったので、ヤガの郊外に待たせるつもりであった。

しかし、それで、スリカクラムから南はテッサラ、アルカンド、北東はヤガ、アムラシュ、マガダ、そして沿海州へと続いてゆく重要な街道、レント街道に入ってみると、かれらが想像していたよりもずっと、ミロク教の勢力がそのあたりにひろがってきている、ということがすぐに明らかになった。

「これは、なかなか、ヤガに近づくまでお小姓たちを連れてゆくのは危険ですね」

ヨナが困惑して声をあげたくらい、もうスリカクラムを出て一日二日で、レント街道の両側にひろがる小さな宿場町はみな、『巡礼を迎える町』と化していた。

ミロク教徒、またはミロク教にかかわりのある宿や家々はたいていひと目でわかった。巡礼たちが当然巡礼の風俗をしているのとはまた別に、ミロク教徒は、基本的にあまり色彩のゆたかでない、無彩色に近い、黒、灰色、濃い紺色、などの地味な服装を身につけている。服装の基本はべつだんこの地方にもとからつたわるもの、沿海州のものたちのものとも変わらないのだが、ただ、華やかな色彩というものが、まるで町のなかから絶えてしまったようになっているのだ。

それは、若い女性たちでもそうで、若い女性たちは一応、下には多少華やいだ色彩のものや、花柄のスカートなどもはいているのだが、そういう色彩を人前で見せるのはミロク教徒としてつつましやかでない、と思われるためだろう、その上から黒や紺色や灰色のたっぷりした上着をつけ、スカートの上にも同じように地味な色の巻きスカートをつけ、あまつさえ頭には、黒いスカーフをかぶっているので、まるで喪服をでも着ているかのようだった。もう若くない女性、年寄りの女性のほうがまだしもそういう意味では目立つことが少ないからだろう、暗いぼたん色や、芥子色、茶色の花柄、などちょっとだけ彩色のある布地を服に用いているが、頭にはやはり申し合わせたように黒いスカーフをかぶっている。それは、町角からすべての華やかな色彩を故意に取り去ってしまおうと施政者がたくらんだかのようで、おまけに町そのものが、このあたりは砂岩を土台にして、その上に灰色っぽいしっくいを塗った家であるから、全体がどよんとよどんだ灰色系にみえて、そこに黒や灰色の女性たち、もとより紺色や灰色などしか身につけない男性たちがうろうろしているさまは、まるで《喪に服している町》のようだった。そこに、黒いマントとフードでおもてまで隠してしまった巡礼たちが首から長い《ミロクの十字架》を下げ、腰にはサッシュベルトを巻いて歩いているのだから、なおさらのことだ。

華やかで色彩に満ちた、花そのもののような女性たちが妍《けん》を競うパロからやってきたヨナにも、決して絹だのサテンだの、いい素材ではなくても、きれいな色、はなやいだ色のボロをつづりあわせたり、編み込んだりした民族衣装を女性だけでなく男性もまとう草原の生まれであるスカールにも、この、ミロク街道——レント街道は、スリカクラムを通り過ぎて、ヤガが目的地になるあたりから、そのようにも呼ばれているのだ、ということをかれらは今回教えられたのだった——のうんざりするような暗さはなかなかのものだった。

街道の両側にずっと続いている農園や果樹園の奥には、それぞれに小さな尖った屋根をもつ家々が並んでいる。このあたりの家々は、草原の、女性の乳房を思わせるかたちと真っ白なしっくいで目立つ家々ともまたちょっとおもむきが違い、基本的には小さな棟をもつ茶色っぽい屋根と灰色のしっくいの建物が、規模によっていくつかづつ続いていて、まんなかに中庭があり、その手前に家畜小屋がある、というような作りになっているようだ。

やたら地味で黒っぽいあたりの風景にせめてもの色彩を添えているのは、果樹園にゆたかに実っている果実の鮮やかな色だの、まだ実る前の、花を爛漫と咲かせている木々、またやがてゆたかな実りを迎えようとしているのだろう田園、そしてその向こうにひろがるみごとに青いレントの海、といった、自然の風物そのものだった。だが、目を町と人間とにむけると、そこには、黒っぽく、どんよりと沈み込んだかのような風景がひろがっている。

　それでも、そこでは活発な商業活動や日々のいとなみ、農業や交易もおこなわれていることは、街道を歩いていればその活気ですぐわかったし、また、巡礼たちはきわめて数が増えているようだった。一日のあいだに何百回となく、ヨナとスカールとは、かなり大規模な巡礼団に追い越されたり、すれ違ったりした。なかには、ひとつの巡礼団がそれこそ千人をこえるのではないか、というくらいずっと続いているものもあり、そういうのは、百人くらいのいくつかの小さい団にわけて小隊長のようなものをおいて、それらが先導しているようすだった。先導しているそれぞれの小さい団の団長たちは、団員たちが見失うことのないよう馬にのり、黒い巡礼のマントとフードの上から、まんなかにそれぞれの団を示すらしい色のついた線が描かれている肩掛けのようなものを斜めにかけ、そして袖にもそれと同色の布を縫いつけてひらひらさせていた。トルー・オアシスでも、ウィルレン・オアシスでもこんな大規模な巡礼団がいるのだったら、もっと目立っただろうし、また、そうしたらオラス団とてもそこに加えてもらってかなり安全にここまで来られただろう、と考えるとヨナの胸は痛んだ。だが、同時に、それほど規模の大きな巡礼団が、これまで通ってきた草原の町々、オアシスではいっこうに見かけられなかったことを考えると、かれらはダネインから草原を南下してきたのではなく、おそらく大半が、ヤガを目指すヨナたちとすれ違うものは沿海州から海岸沿いに下ってくるのであり、そしてうしろから追い抜いてゆくものたちはたぶんライジア、アルカンドのほうからやってくる――ということは、さらにはるかな南の地方からもきている、ということであった。

「ヤガに行く連中はわかるが、ヤガからこちらに下ってくる巡礼団というのは、いったいどこを目指しているのだ？」

スカールがいぶかしそうにヨナにささやいたが、ヨナにも云えることはただ、

「さあ、たぶんヤガでの拝礼をすませておのれの国に戻るものもいれば――あるいは、もしかしたら、ヤガから指令をうけて、それとも同じ志をもつものたちが寄り集まって、より南方への布教のために、新しいミロクの町を作りに下ってゆく、というようなものもあるのではないかと思われます」

という、推測ばかりだった。巡礼団はいずれもふかぶかとフードをひきさげてうつむいて歩いているから、人種だの、肌の色だのをかいまみることもとっさにはなかなか難しいし、持って歩ける荷物も厳密に限られている。よしんば布教のための移住だったとしても、家財道具は現地で作り上げる、というのが原則になっているから、そういうものたちでも、ごくわずかな最低必要限度の荷物を山と積み上げた荷車をひいているだけなのだ。だが、《ミロク街道》が、巡礼の往来で非常なにぎわいを見せていることは、明らかであったし、ヨナの想像以上であった。

むろん以前にきたことがあるわけではない。だが、ヤガへの巡礼の旅に出て、また戻

ってきたミロク教徒の先輩たちはクリスタルにもいくらもいたし、そうしたものたちから、いずれ自分が巡礼の旅に出るときのための参考に、ヨナはさまざまなことを聞いていたのだ。

その先輩たちのことばでは、確かにヤガ周辺は聖地としてきわめてにぎわってはいるけれども、それはヤガ周辺のほんの十モータッドくらいの範囲内でのことであり、その手前には、そのヤガ周辺のにぎわいとは裏腹な、ひっそりと静かで、あまり人口も多くない寒村がぽつりぽつりと並んでいる街道が、限りなく青いレントの海沿いに続いており、そのあちこちの入り江には漁村が、そして内陸部の側には小さな農村があって、お互いに魚と農作物を交換したり、交易したりしながら、基本的にはおのれのわざだけをたよりにひっそりと暮らしている、ということであった。

むろん、ヨナがそのような話をいろいろと聞かされていたのは、もうだいぶん以前のことになるから、それからの十年十五年で、ミロク街道がすっかり発達したとしても何の不思議もないのかもしれぬ。

だが、それにしても、ヨナには、ミロク街道だけではなく、それの周辺のミロク教徒の勢力範囲が、ずいぶんと一気に著しく拡大した、というように思われた。

（それに――なんとなく、なんといったらいいのだろう……うまく云えないが、においが――そうだ、《におい》が違う……ミロク教徒のにおい、自分がこれまで、それがそうだ、と感じてきた。クリスタルに住まうミロク教徒の感じと、どことなく——この街道筋のようすは違っている。むろん、女性たちがきわめて地味にしているとか、黒いスカーフをかぶっているとか……巡礼団のようすも、べつだん何もこれまで自分の思ってきたのと変わったところはないのだが……でも……）

それについては、ヨナはまだスカールに話そうとは思わなかった。

もしかしたら、自分の考えすぎかもしれないのだ、と思う。

だが、それでも、ヨナのなかで、ヤガがしだいに近づいてくるにつれて、微細な違和感がなかなか去らなくなってきていた。

（まず、第一に——こんなにも大規模な巡礼団など……これまで、クリスタルを出発したなかにもひとつとしてなかったし……また、そんなにそもそも、ミロク教徒はいなかったはずだ。……いつのまに、これほどまでに、ミロク教徒が増えたのだろう。——それだけではない。なんといったらいいのだろう、妙に——）

妙に、その巨大な巡礼団は、行動に統制がとれている。

つい先ごろ、自分もささやかな巡礼団に加わって草原を下ってきたばかりであるだけに、ヨナには、ミロクの巡礼団とはこのようなものだ、というなんとはなしの考えがある。

それと、ただ単にかたわらをすれ違ったり、路傍によけているヨナとスカールを何の関心もなさげに追い越してゆくだけの大巡礼団のありようと、一瞬のことなのだからどう比べようもないのかもしれないのだが、それでも、ヨナには、なんとなく奇妙なくらい異質なものが感じられてならなかった。

（まるで——そうだ、なんだか、まるで——小隊がいくつもつらなって順序よく行進してゆく、軍隊みたいだ……）

軍隊のようだ——

そう思いついた瞬間から、そのイメージは、ヨナの脳裏から去らなくなった。

むろん、大巡礼団はどれもこれも、粛々とフードをひきさげてうつむき、大体三列くらいになって、道のはじを等間隔で前のもののサッシュの端をつかみ、先頭に立つそれぞれの団長からはぐれないようにと同じ足取りで歩いてゆくだけのことだ。

だが、そのなかに、どことなく、オラス団の朗らかだった老婆たち、元気のいい農民たち、そして娘たちとは違うものが感じられた——それから、ややあって、ヨナは、ふいに愕然とする事実に気付いた。

（あの巡礼団は……ほとんどが、男ばかりなのだ……）

強烈に、ヨナの違和感を誘ってやまなかったのは、《そのこと》だったのだ。

もしも移住などを考えているのであれば、なおさらのこと。そこに、家族だの、親兄弟だの、というものがともにいないわけがない。男だけで構成された巡礼団などというものは、ヨナは見たことも聞いたこともないし、またあったとしたらひどく不自然なものに思われただろう。

ずっとフードを引き下げているからそれほど目立たないが、やはりマントの下の骨格や、歩き方、またマントの下からあらわれる、革製のサンダルをはいたたくましい、長い歩きにすっかりごつくなり、汚れてしまった足などで隠しようもない。

それに気付いてから、ヨナはひどく注意深く大巡礼団を観察するようになったが、小さな巡礼団には、これまでと同じような、一家そろって——とか、近隣のものたちが示し合わせて一生一度のヤガ巡礼に出てきたのだろう、という構成のものが多かったが、二、三百人以上の大きな団体になっているものは、大半が、確かに男だけであった。

いや、なかには、少しは女性もいたかもしれぬ。だが、何よりも顕著だったのは、老人、子供の姿が、そうした大巡礼団のなかにはまったく見あたらない、ということだ。どんな巡礼団でも、やはりオラス団にいたオラスの孫のユエのように、「置いてゆくわけにゆかぬから一緒に連れてきた」という子供たちが何人もまざっていて、小さなフードつきのマントを着て大人しく歩いているし、また、「死ぬ前にひとたびでいいからヤガにもうでたい」という老人たち、老婆たちも多くいる。むしろ、そういう老人、老婆ばかりの団、というほうがこれまでは自然に思われていたくらいだ。

（そうか……だから、なんだか、軍隊のような感じがしたんだ……）

そうと気付くと、いっそうなんだか不気味な違和感がぞわぞわと一番下のところでうごめくような気が、ヨナはした。

だが、やはり、ヨナはそのことも、まだスカールには告げていない。先入観を与えたくなかったこともあるし、もしかしてただ単にこれは偶然の結果だったり、あるいはまた、何か理由があって、そういう大規模な、男ばかりの巡礼団が組織されてヤガに送り込まれたり、送り出されたりする時期に偶然ゆきあったのかもしれない、とも思い直してみるのだ。ヨナはもともといたって慎重なたちである。

だが、それでも、(何だか、何かが、ひどく変わってしまいつつあるようだ……)という思いのほうは、逆に強くなるばかりだった。

ヤガがしだいに近づいてくるにつれて、ミロク街道の両側は、村がとぎれとぎれに続いているというよりも、明瞭に「郊外」という印象を強めてきた。ヤガに入る前に、いろいろと気持をととのえておこう、という話し合いで、スカールとヨナがヤガに到着する前の最後の一泊の宿に選んだ宿場は、ヤガまではもうあと半日も歩けば到着するだろうという、クロウシュという小さな宿場町であった。

その町についても、ヨナはその地名を耳にしたこともなかった。だが、それについては、まあ、最近出来たのではなく、もともとは小さな村だったものが、当今の巡礼の多さでこうして宿場町に発展したのだろう、と思えばおかしくはない。

そこはもう完全にヤガの『門前町』であり、街道の両側はのきなみ大きいのや中くらいのや小さいのやの旅館が続いているばかりであった。そのあいだに、土産物屋がある。土産物といっても、ヤガに持って入るための、ミロク教の本だの聖典、また身を浄める塩だの、たぶん巡礼にきたものたちが、ヤガの知り合いに持ってゆくためのものだろう、固い、塩味やかすかな甘味のある焼き菓子——それはヤガ周辺の名物で、よく宿屋の朝食などにも出され、それをヤギの乳につけて食べるのだったが——で、ヤムという名の菓子だの、もっと甘味のある、ミロク教徒にとって意味のあるさまざまなかたちをかたどってある黒砂糖菓子などが売られているのだ。

クロウシュのにぎわいのなかにヨナたちはまぎれた。それまでにいろいろと、宿屋にとまるたびにそれとなくヨナは、ラブ・サン老人一行の加わっている巡礼団について情報を得ようとしていたのだが、まったくそれらしい手がかりは見出すことが出来なかったのだった。

だが、とりあえず、かれらは、もう、ヤガの一歩手前までやってきたのだ。

2

「明日は、いよいよヤガに入るな」

クロウシュの旅宿の一室に落ち着いて、もう宿のものも入ってきそうもないのを確かめてから、スカールは、いささか感慨深げにそう云った。スカールは最初に、戸口に近いほうの寝台をおのれのものと決めてしまい、その上にわずかばかりの荷物をおろしたところだった。

それがスカールの、自分を守ってくれよう、という心遣いであることはヨナにもわかったので、ヨナも何の異論もなく奥の寝台の上におのれの荷物をおろし、これは一夜の宿りにすぎなかったので乏しい荷物をそうそうほどくつもりもなく、ただ寝間着を取り出して枕の上におき、洗顔のための道具が入った小さな麻袋をその上において、寝台に腰をおろすと、やれやれとばかりに編み上げの革サンダルのひもをほどきはじめていた。

長々と街道を歩くためには、この巡礼の必需品ともいえるサンダルは、足の裏をも固い石から保護してくれるし、決して足からはなれるようなことがなくてとても便利なのだが、その分足に食い込んできて、ことに夜になって足がむくんでくるとどうにもならぬほどに、足が辛くてたまらなくなるときもあったのだ。

「エルシュどのは足は痛くありませんか」

ヨナは、スカールとのあいだであらかじめ決めておいた、ヤガにいるあいだのスカールの偽名を心に刻みつけるように、その名で呼んだ。

「なに、俺は何ほどのこともない、鍛えてあるからな。とはいえ、おぬしのほうはたまらぬだろう」

「いや、もう馴れました。まず草原で馬に乗るのに馴れ、それからこんどはここまでの道程で歩くのに馴れ」

ヨナは笑った。

「どれだけおのれが、これまで石の都の生活で歩いたり馬に乗ったりしないできたかを思い知らされる心地ですよ。しかしエルシュどのは馬が主だから、歩くのは大変でしょう」

「これしきのこと」

スカールは豪快に笑ったが、大きな声はたてなかった。隣の室とのあいだは石の壁でしっかりした作りであったし、ことにここは角部屋であったので、隣は階段にそった一室しかなかったのだが、それでも、慎重なかれらはひとの耳をおもんばかって、長旅のあいだも、決して大声で話したりすることはなかったのだ。

「それにしても、おぬしのいう、ヤガのようすが少しづつ予想と異なってきている、というのが気になる。——俺もなかなかいろいろと苦労しているのだが、明日ヤガに入ってただちに、挙措が変だと見咎められたりするようなことがなければいいのだが」

「それはおそらくないかと思いますが、ただ、当然ながらパロからきたのだな、などということは——私がいろいろお教えしただけにきっとすぐわかってしまいますでしょうね」

ヨナは声を低めて云った。

「今日、なるべく、食事のときにでも、ヤガに詳しそうな親切そうなはらからをみつけて、いろいろと情報を仕入れておこうと思うのですが。しかし、余計なことを喋らない、というのもミロク教徒の信条のひとつでありますから、これもなかなか難しいかもしれません」

「思っていたよりもずっと大きな町だし、人口も多そうだ」

スカールは考えこみながら云った。ついつい、いつものくせで、ひげをひっぱろうと手を鼻の下、顎の下にやるが、そこはつるつると剃り上げた皮膚が手にふれるばかりだ。もっとも夜になってきているから、かなりざらざらとはしてきている。髭ののびるのなどは、まったく普通の人間と違いはないのだな、ということは、スカールが髭を剃り落としてから、ともに旅をはじめてすぐにヨナの思ったことだった。

（そういう点では何も通常の生きた人間と違いはない――食事もすすむようだし、酒もあがる。――夜は、私が目をさますとよく寝ておられる……多少苦しそうな呼吸をしているときもあるが、何もべつだん通常とことなることはない。……してみると、いったい、《何》が、問題なのだろう……）

それも、ヨナにとっては、出来ればこの旅のあいだにつきとめたい謎のひとつだ。

スカール自身が、おのれを「生きた心地がしない」「生きている普通の人間ではない、ゾンビーであるような気がする」と云っていること――それが、ヨナには気になってならない。どこからみてもスカールは元気で活気あふれる存在にみえるが、それでいて、あの、日頃手袋に包んでいるスカールの素手と握手したときの冷たい、死びとの手にふれたような感触がいつまでもヨナの手に残っていた。

ミロクの巡礼は手袋などはしてはいけない決まりになっているが、何か傷や病気があるものはマスクでも、手袋でもなんでもして隠してよいことになっている。それゆえ、スカールはまだ、目立たぬ麻の手袋を着用しつづけており、巡礼のマントを着てフードをひきさげると、かいま見えるのはほとんど、その鋭い目だけになる。それも下を向いてしまえば、まったくわからない。

それはヨナと同じだったが、それでいて、そうやって一緒にミロク街道をヤガに向かって歩いているあいだに、ヨナは、ずいぶんとスカールが人目をひいている、という気がしてしかたなかったのだった。

それは、ある意味ではおかしなこと、ともいえた。ヨナとスカールはほとんどまったく変わらないミロクの巡礼のマントに身を包んでいるし、態度物腰についても、基本はここまでの旅のあいだにヨナがみっちりと教え込んだから、こまかな挨拶などでは多少ぎこちなかったり、めんくらう局面もあろうが、ただ歩いている分には、まったくそんな、本当はそれが騎馬の民の勇士スカールだ、などと思わせるものはない。

確かにスカールはいたって筋骨たくましく、痩せたとはいえまだがっしりと肩幅もあり、胸板もあついけれども、それそのものをいうならば、それほど巡礼のなかで珍しい特徴というわけではない。

巡礼たちのなかには、生涯を農耕で激しく働きぬいてきた農夫たち、日々舟の上で魚とり、その処理に精を出してきた漁夫たちが多くいる。農夫たちはよく日に焼けて、鍬を握り、ウシに農地を鋤かせる激しい労働で、からだつきも発達してたくましく、手足も大きなものが大半だ。漁夫たちも、それなりに日焼けして、これまた骨格がよく発達している。かえって、ヨナのようにひょろひょろとかぼそいもののほうが大きな巡礼団にあったとしたら物珍しがられるくらいだろう。巡礼に出るのは、そのような、働く階層が多く、ヨナのような学者や知的な職業についているものは少ないのだ。というより、ミロク教徒全体についてそれがいえる。ミロク教はもともとが、抑圧された労働階級が頽廃的な貴族階級の堕落をいとうたところからひろまってきたのだ。

（まあ——だとしたら、たぶん自分の錯覚か、考えすぎなのだろう。……あの、フードとマントのすがたから、ただちにそれがアルゴスに名高いもとの黒太子スカールどのだ、などと想像するものがいたとしたら……それはちょっと、あまりにも想像力が強すぎるというものだろうし）

ヨナはそう考えておのれのわけもない不安をしずめようとした。

やがて、夕食の最初の一点鐘が鳴り、ぞろぞろと泊まり客たちが室を出て、廊下を声もなくひっそりとすすんでゆき、階段をおりて奥の食堂へと移動してゆく。

通常の観光客や旅客と違うのは、誰も無駄口をたたかず、そしてすれ違ったり、扉から出てきたりするたびに、そっと両手をあわせて互いに合掌して礼をしあい、そしてまた、そっと目をそらしてすすんでゆく粛然たるありさまだ。ちょっと見では、それはまるで軍隊の新兵たちがそうして歩いているように整然としており、通常ならちょっとした話だの、挨拶に声をかけあうくらいはあるだろうに、どちらも黙ったまま頭をさげて合掌するだけだから、廊下も食堂の入口もひどくしんとしている上、誰も先を争ったり、他のものを押しのけたりしない。その点では、ミロクの教えは完璧に守られているようだ。食堂もまた、質素ではあったが、塵ひとつ落ちていない、清潔きわまりない磨きあげられたものであった。

食事が白木の、これまた粗末だがよく磨かれたひとつのテーブルの上に盆にのせられてすでに用意されていて、それをそれぞれが、勝手に自分の分を取り分けて手前のテーブルに持ってきて食べるようになっている。ほかに、好きなものだけ食べられるように、大皿にいくつかの野菜料理がゆたかに盛り上げてある。そのかたわらの小さな卓の上には、何種類かの水さしが出ていて、そこには茶だの、水だの、カラム水だのが入っているようだ。

ないのは、酒類と、そして肉類であった。盆の上に用意された夕食は、ぼろぼろしたガティ麦をいったん粉にひいてからまたこまかな粒状にした、「ハロハロ」という、このあたりの名産の主食を、ちょっとの油と塩を加えて蒸した上に、どろりとした野菜のシチューをかけたものと、そのかたわらに、豆の揚げ物のようなもの、そしてから豆のシチューがとりあわされた質素なもので、魚も肉もない。大皿のおかずも、イモと野菜とをこってりと煮上げたものとか、豆のペースト、これはそのすべて「ハロハロ」に加えて一緒にかきまぜて食べるのだ。それに、新鮮な葉もの野菜をすべて細かく刻んで酢と油であえたものとか、そういうものばかりだった。

スカールが目をまわしているのではないかとヨナは心配になったが、スカールは黙っておのれの分をとると、必ず巡礼が携行している自分のさじを入れる容器から木のさじを取り出して、おとなしく「ハロハロ」とシチューを混ぜ合わせ、フードを少しずらして食べはじめたので、ヨナは少し安心をした。ヨナ自身は、「ハロハロ」こそこのミロク街道にきてからはじめてお目にかかった食べ物であったが、ほかの野菜料理はパロでもしょっちゅうミロク教徒が食べ馴れているようなものだったので、何の違和感もなく、むしろこれまで食べさせられていた草原の肉主体の料理よりもずっと有難く食べられたのである。

食堂はかなり広くて、詰めれば二百人くらいは収容できそうだったが、そこに一杯に並べられた白木のテーブルと長椅子にぎっしりになるくらいの巡礼たち、旅行者たちが、同じ盆を並べて黙然とさじを動かしていた。

客たちは必ずしも巡礼だけではなく、大きな巡礼団もいれば、また、個人の、交易などのために旅行しているらしい、私服のものもいたが、共通しているのは、首から《ミロクの十字架》をかけ、いかにも敬虔そうにそれをまさぐって「食べ物を与えられることへの感謝」の祈りをつぶやいてから、さじをとりだすことだった。つまりは、その広い食堂を埋め尽くしているのは、すべてミロク教徒だったのだ。

（それは、容易ならぬことだな……）

ヨナは、こっそりと、そう考えていた。

（僕はミロク教徒だけれども……これほどに大勢のミロク教徒がこうして、いっせいに集まって食事をしているところをみると、なんとなく……ある種の脅威を感じざるを得ない。……脅威、といっては言い過ぎだが——みんなひとことも口をきかず、同じ料理を同じように、黙々と口にはこんでいる。……こんな光景はどこかが……何かが狂っているように感じられるのは、おのれがパロの、むしろこちらのミロク教徒たちから見たらそちらのほうが狂っているように思われるだろうクリスタルからやってきた人間だからか……）

いや、だが、ヨナにはどうしても、そんなふうにして人間がいっせいに、自主的に規律に従う、というのが自然なことだとは思われなかった。

自分はどうして、これまで何の疑いもなくミロク教徒であれたのだろう——そんな奇妙な疑惑が、ヨナの脳裏をとらえた。だが、ヨナはもちろんそんなものは口にもおもてにもけぶりにも出さず、やはり黙々と「ハロハロ」と豆料理を口に運んでいた。

酒を飲むものもなく、追加の料理を頼むものもいなかった。ミロクの教えでは、飽食は見苦しいこととされていたし、肉食と飲酒は基本的に「悪魔の誘惑」とされていたからである。特殊な場合だけ飲酒は許されたし、肉食も、したからといってただちに追放されるほどの大罪というわけではなかったが、しかし、「ミロク教徒にあるまじき行動」とみなされてひんしゅくをかう、ということは確かであった。

ヨナの計算違いのひとつは、その食堂の圧倒的な静けさと沈黙であった。そのなかで、世間話だの、ちょっと隣の席のものに話しかけて情報を得ようだのというのは、まったくムダなことというより、不可能なことだったのだ。ヨナはそれを悟ったので、やむなく黙り込んだまま食事をすませながら、いったいどうやってヤガについての情報を得たらいいのだろうと考えていた。もっとも、明日になれば、じっさいにおのれらがそこに乗り込んでゆくのだから、もっともそれが確実であることは、確かだったのだが。

（それとも、夜になったら、ちょっとクロウシュの町のなかへ出てみて、ようすを探ってみるか……それもいいな）

スカールにそう提案してみよう、と思いながら、そそくさとヨナは食事をおえた。食事のすんだものから、丁寧に食事への感謝の合掌をして、盆をもってゆき、炊事場へかえして、そのまま室に戻ってゆく。それも、なんとなく、きわめてよくしつけられた学校の生徒たちのように見える。ヨナとスカールも、最初に食事に降りていったうちに属していたので、とっとと質素な食事をおえると、そのまま室に戻っていった。

「お口にあいましたか、あのような野菜ばかりの……」

室に戻ってドアをしめてから、ヨナはかすかに笑いながらスカールに声をかけた。

だが、スカールが返事をしなかったので、ヨナは驚いた。それどころか、スカールは、いきなりヨナを手で制するようなしぐさをしたかと思うと、おのれの、寝台の上におきはなしになっていた荷物をひっくりかえすようにして、調べはじめたのだ。

「ス——エルシュどの、どうされた」

「誰かが、俺の荷物を探ったぞ」

スカールのいらえは短かった。

「え」

ヨナはぎくりとして寝台の上をのぞきこんだ。スカールは丁寧にひとつひとつ、小さなおのれの荷物の革袋のなかみをとりだしてあらためていた。

「間違いない。——草原の民はおのれの荷物についてはかなり気を遣う。ずっと移動の暮らしだからな。だから何をどれだけ持っているか、どのくらいの用意があるかをたえず心得ていないと、ここぞというときに大変なことになる」

スカールはさらに低い声でいう。そのあいだも、そのぶこつな手袋をはめたままの手は、荷物をひとつひとつ、取り出しては丁寧にあらためていた。

「それに、ある——ちょっとしたわざを草原のものなら誰でも知っていてな。草原の、というか騎馬の民なら、ということだが。ある種の特別な草の液をいくつか配合することによって、ちょっと見ではまったくわからないのだが、誰かがそれに手をふれると、その指のあとがかすかに発光して色がかわるような、そういう粉を作ることが出来る。それだけではなく、それは、その汁にふれたものの指先をもかすかに発光して色がかわるようにさせる。これは、とても貴重な馬だの、水だの、食糧だのをぬすんだものが部の民のなかにいるのではないか、というような疑いがかけられたとき、ことの真偽をはっきりさせるために、編み出された草原特有の技術なのだ。——俺はもとより大切な荷物にはみな、要所要所にその粉をつけて持ってきている。まあ数日するとかわいてわからなくなってしまうのだがな。——いま、見ると、ほら見てみるがいい」

スカールに慫慂《しょうよう》されて、ヨナはスカールの荷物をのぞきこんだ。そして、かすかな呻き声をあげた。

「本当だ。——スカールさまのお荷物のところどころに、ちょっとかすかに光る指のあとが見えます」

「誰かが、我々が食事をしていた、わずか三十タルザンくらいのあいだに、この室に入り、そして俺の荷物をあけ、なかみをあらためたのだ。何か探そうとしていたかもしれぬ——なかみも、一応用心深いというか、訓練をうけた人間なのだろう、普通のやつならば何ひとつ気付かぬ程度に元通りにしてあるが、俺にはわかる。俺の入れた入れ方とほんのちょっと違う」

「それは……」

ヨナはちょっと言葉を失った。それから、自分の荷物をあけてのぞいてみようとして、肩をすくめた。

「私にはわかりません。私にはそういう周到な用心の習慣がございませんもので」

「普通ならば必要ないのだろう。騎馬の民だからこその用心の訓練だ。それにここは、そうした——泥棒など、入ることのありえない、ミロクの国であるはずだろう」

「そのとおりです」

ヨナはなんとなくぞっとしながら云った。

「でも、その思いはもうこれぎり捨てることにいたします。その——はらからがはらからの持ち物に手をかけたり、危害を加えたりすることの決してないはずの聖地ヤガの一歩手前で、このようなことが起きたのですから。でも、ということは……」

「俺は思う」

スカールはヨナの首をかかえよせるようにして、ヨナの耳に口をよせ、ヨナにしか聞こえぬようにささやいた。

「今日一日歩いていて——昨日までは感じなかった。なんとなく、俺は、『見張られている』という気がしてならなかった。——お前は、感じなかったか」

「感じたかもしれません。ただ、見張られている、というふうにではなく、みながスカールさまに、あ、いやエルシュさまに注目している、というような変な感じを受けて、いったい、どこにそのようにひとをひきつける、変装のほころびがあるのだろうと心配していたのですが」

「俺はずっと——ずっとだ。じっと一対の目——もっとかもしれぬが——が俺を見張っている、俺たちを見張っている、という気持がして、仕方がなかった。それが、このはたごに入ってからは一応消えたのだが、そうしたら、このていたらくだ。――俺を見張るかわりに、そやつは、ずっとしたくてたまらなかったこと――俺の荷物のなかを探して、たぶん何かを探し出そうとしたのだろう。本物のミロクの巡礼でないことの証拠であったかもしれないし、もっと、さもなくば……」

「え……」

「いや、それはまだ云うまい。それではあまりにも考えすぎかもしれぬからな。だが、なにものかが、安全なはずのミロク教徒の宿で俺たちの室に、俺たちが留守にしているあいだに忍び入り、荷物をあらためた。これは確かなことだ。盗まれたものは何ひとつないから、泥棒が目的だったわけではない。たぶん、俺たちはすでに正体をわかられ、看視されているのだ。そのつもりで、さらにさらに用心して動いたほうがいい」

「なんということだ」

いくぶん茫然としながらヨナは云った。

「いったい、なんで――我々がこうして巡礼にやってくることなど、誰がどうして予測出来るというのでしょうか？　そもそも殿下がこうして私と二人きりで御一緒にこられることとて、つい先頃決められたばかりだというのに。そのときからもし、それを知っていたとすれば……」

「それなら、俺の部の民のなかにすでにミロク教の間諜がいる、ということだ」

あっさりと、スカールは云ってのけた。

ヨナは思わず身をふるわせた。

「そんな、ばかな……」

「俺は、『そんな、ばかな』といってすませることなど、何一つこの世にあるとは思っておらん」

スカールはそっけなく云う。

「また、ミロク教が、そうしてあちこちに間諜を忍ばせているような集団であるとすれば、それは、お前がこれまで俺に聞かせてくれたような、理想的な宗教集団でなどありはしない。れっきとした、営利のための集団であり——国家のはじまり、といってもいい。そういうことは十分にありうる——もとはどれほど理想主義的な、高い志のもとにはじまった思想や宗教であっても、それがあまりに巨大な利益を生み出したり、大勢の人間を動かしたりすることになると、それがこんどは逆に、利己主義的な国家のはじまりになってしまう、ということは——その集まりが生み出す利益や、それが動かせる大勢の人間を目的にした連中が集まってきてしまう、ということは十分ありうることだ。そう思うのは、これまで忠実なミロク教徒として生きてきたお前には辛いことかもしれぬが、たぶんミロク教団はもう、お前の思ってきたような、そういう純粋で理想主義的な宗教だけの集団ではなくなっている。ほかにもいくつか、俺は『おや』と思うことがあったのだ。この道すがらな。——それについてはいまは何も云わぬ。石の壁であっても、これだけ低い声で話していても、もしかするとぬすみ聞かれていないものでもないからな」

「……………」

「これから先は、もっともっと心を引き締めてかからねばならぬ。——ことに、小姓どもに連絡をとるときには注意しておかぬと、それによっておのれのボロを出してしまい、正体をあばかれてしまうことになるかもしれぬ。これは……このさき、ヤガに入ってゆくにつれて、なかなか容易ならぬ事態になってゆくかもしれんぞ。——面白い」

「えッ……」

思わず、ヨナは目を瞠ってスカールを見上げた。

スカールはにやりと笑って、ヨナの肩を叩いた。

「面白い、と言ったのだ。——こうこなくてはつまらぬ。これは、おそらくこの先にはとてつもない冒険と試練とが待ち受けているぞ。大丈夫だ、お前のことは、俺の一命にかえてもちゃんとパロまで連れ帰ってやる。いったん預かった仕事は、確実にやるのがこの俺の主義だからな。——それにしても、お前は、俺と出会えて幸運だったな。死に損なっただけではなく、このさきの冒険にはおそらく、何があろうとお前には俺が必要だぞ。だがおそらく、同時に俺にもお前が必要なのだ、右も左もわからぬヤガに近づけば近づくほど、深入りすればするほどな。必ず、俺からはなれて一人きりで行動するな。どこかにゆくときには俺に必ずそのことを云ってゆけ。俺もそうする。でないと、このさきは、迂闊な勝手な行動ひとつがいのちとりになりかねんぞ。ますます、面白いことになったものだ」

3

さいわいにして、その夜はその後は、少なくとも宿においては何も異変は起こらなかった。

そのあと、ヨナとスカールとはわざわざ、もしもひっかかってくるものならワナにかけて正体を見届けてやろうと、さらに周到に荷物を寝台の上に並べて、それで夜のクロウシュの町へ出かけてみたのだった。ひとつには情報を収集しようという気持もあったのだが、スカールは例の《魔法の粉》を寝台の上やヨナの荷物にもたっぷりとまき、かれらを探ろうとしている人間が、ヨナについても何かしようとしているのかを知ろうとした。

だが、かれらはあてがはずれた。かなり長いこと、一ザンばかりも夜のクロウシュの町を散策し、店にも立ち寄って、やっと戻ってきて寝台と荷物を調べたとき、スカールの荷物にも、ヨナの荷物にも、まったくなにものも手をふれたようすはなく——それ以前に、誰ひとりとして、この室にドアをあけて入ってきたようすのあるものはなかったのだ。スカールはくだんの粉を、ドアの前の入口の床にもまいておいたのだったが。

「つまりは、狙われているのは俺一人の荷物で、それもたぶん、特定の何かを探し出そうとしている、ということだな。このさぐりようは、そうとしか思えぬ」

室に戻ってから、スカールはささやくようにヨナに云った。どこでどうぬすみ聞かれているかわからぬ――もしかして、室ごとに、盗聴出来るような装置がとりつけてあるかもしれぬ、というおそれで、かれらの声はいちだんと小さくなっていた。

「ということはしかし、やはり、俺の正体がもうなかばは見破られているということだ、と思ったほうがいいな。俺といっしょにいることで、逆にお前に迷惑をかけることになってしまうかもしれぬ」

「それはもう、そのときのなりゆきですし、わたくしもエルシュさまに助けていただいた身の上なのですから、その恩義もございますし」

ヨナも小さな声で答えた。

「それよりも……私は、ヤガが気になります。――先ほどの店できいた話というのが、ちょっと気持にひっかかっております」

「確かにな」

スカールも認めた。さきほどの話、というのは、クロウシュの町に夜歩きに出かけて、そうして、最初はぶらぶらとスカールの計画では町を歩き回ってどこか「飲めそうな

「店」を見つけ、そこでお喋りしそうな地の者がいたら、酒を奢って、しだいに口をやわらかくしていろいろと聞き出してやろう、というものだったのだが、この計画はみごとにあてがはずれた。そもそも、ミロクの町では、酒などという「悪魔の飲み物」は、まったく売っていなかったのだ。

それに街道すじの町でありながら、クロウシュの町はひどく夜が早かった。あちこちの土産物屋、さまざまなミロクの信仰のための品を売っている店も、またもう一本街道からはなれた筋に入るといくつか見受けられた、クロウシュの町びとたちの生活必需品のための店——布地だの、荒物だの、衣類だの、革のサンダルだのを売っている店だとか、また沢山の樽にガティ麦の粉や、ひいてないガティそのもの、また干し果物や干した野菜などを山のようにつめこんで売っている店もあったのだが、それらももう、いまや店じまいの支度にとりかかっているところで、そこで何かを買っているような客も見あたらなかった。

全体に、ひとびとはほとんど夜外に出歩くということをしないようだった。あちこちの家々や、ことにはたごはかなり大きなあかりを門につるして、人々の足もとを照らしてやるようにしているのだったが、歩いているのは、遅れてクロウシュについて、予約の宿に急ごうとしていることが明らかな巡礼だの、またまだ宿を確保してなくて、あわてて探しまわっているようすに思われる旅のものばかりであった。地の者と思われる人間は、ごく少ししか見受けられなかった。

ことに女性は、日が落ちるとはたりと外出することをやめてしまうようだった。黒いスカーフをかぶった女性のすがたは若いと、そうでないにかかわらずまったく見受けられなかったし、また、むろんのことにほかの宿場町なら当然あるような、三業地らしいものもなければ、それふうの店もなく、酒をあきない、女性をおいて、にぎにぎしく音曲の聞こえてくるようなところはただのひとつもなかった。

その意味ではまことにつまらぬ町といわねばならなかったかもしれぬ。だが、また、当然、ミロクの巡礼たちは、そんな売笑婦のいるような宿や、酒をあきなう店に近づくなどという習慣があるわけもなく、まして、聖地ヤガに巡礼しようという聖なる使命に心をふるわせているのだから、もしあったとしてもそんなものに入るはずもなかったのだ。宿のほかにはまともな食事どころも街道筋にない、というのは、いささかゆきすぎではないかとスカールには思われたが、おそらく巡礼たちは、おのれの宿に着いてそこでさきほどのスカールたちのように食事をとるのが一番安全だし、またそれは当然一泊に夕食と朝食が組み込まれているのだから、それが一番経済的で正しいこと、としか考えておらぬようだった。

「ミロクさまの教えでは、食の楽しみを追求しすぎるものは、正しいひとの道にそむく、とございますからね」

ヨナは、あちこちの町角を見回しては失望の目つきをしているスカールに苦笑しながら囁いた。

「私たちは、ただおのれのいのちを保つためだけの食べ物を、ミロクさまの恵みにより許されているのであって、それは快楽だの、ましてや贅沢であってはならぬ、とされているのです。――むろん、祭りのときなどに飽食することはゆるされておらぬわけではありませんが、それでも、酒に酔いしれたり食べ物を食べすぎて吐き戻したりするような人間は、もっともいみ嫌われますから、たがをはずすものはあまりおりませんね。もっとも、これは、パロでのミロク教徒の話ですが、ここでもそれほど事情はかわらないでしょう」

「ウーム、ますます、俺の性にはあいそうもない場所だし、教えだな」

スカールはそっと囁いたが、町なかであったから、宿でいうよりさらに声を低めて、ほとんどヨナにしか聞こえないくらいでしかなかった。

「だが、そうだとすると、情報集めには困ってしまうな。もっと奥の、路地のほうへ入っていってみよう。酒を飲ませる店はなくとも、せめて、茶店くらいはあるかもしれぬ」

「それは、ありますでしょう。街道筋は巡礼たちのための場所ですが、路地裏となれば、このクロウシュの人々の本当の生活が、どうしたってくりひろげられているはずですから」

というわけで、かれらはおそれげもなく、ミロク街道からどんどん北のほうへとわけいっていったのだが、クロウシュの町は、それほど南北にひろがっているわけではなく、ミロク街道の両側にぺたりとへばりついているような、ごく小さな、村に毛がはえた程度のものでしかなかった。

それゆえ、二つも路地を通り越すと、いきなり、あたりは果樹園の深い闇になってしまったり、農園の向こうに小さな農家のあかりがちかちかしているだけだったりした——もうずいぶんと夜もふけてきていたのだ。といっても、パロであれば、ようやくこれから夜会がはじまるだろう、というような刻限ではあったが。

それでも、そうやって路地裏に入り込んでみただけのかいはあった。ごくごく小さな、間口がそれこそ二タッドほどしかないような小店ではあったが、入口のところに樽をおき、その上に蒸籠をおいて、蒸し上がったまんじゅうや、ちょっとした野菜料理などを食べさせている茶店が、ひとつふたつ営業していたのだ。

粗食の少食にもともと馴れているヨナはともかく、スカールのほうはさすがに宿の精進料理のあてがいぶちの夕食には閉口したらしく、「おい、腹が減ったな」と囁くなり、そこの店にむかって突進していった。あわててヨナはあとを追い、その茶店に入っていった。

六十がらみの禿げた親父が白い料理人の上っ張りと帽子をつけて、店の奥からのんびりと出てきて、二人を見ると両手を胸の前にあわせた。二人もそれにならう。

「ミロクさまのお恵みを、おやじさん」

ヨナが云うと、

「ミロクさまのお恵みを、旅の巡礼のおかた」

老人も答えた。

「まだ、やっていますかね？」

ヨナがたずねた。

「もちろん、もちろん。どうぞおかけ下さい。夜遅くにも旅を続けるかたや、夜遅めに到来するかたもおいでになりますから、私どもはずいぶん遅くまで厨房の火を落とさずに営業しております」

「それは有難い」

口がきけない、という設定だったことはころりと忘れて、うなるようにスカールが云った。

「何か、お腹にたまるものはありますかね？　私はともかく、連れのかたが、食事を少ししはぐれてしまって、とても空腹でおいでなのですが」

「それはいけません。では、野菜あんをはさんだ精進のまんじゅうはいかがでしょうね。

もっともうちのは、風味づけにほんの少しだけヒツジを使っていますから、ほかの店のよりぐんとおいしゅうございますよ。それから、やはり風味づけにヒツジ肉を少しだけ入れた野菜のスープ、そこに御希望があれば麵を入れましょうが。米の料理、ガティの料理はもう時間が遅くなりましたので今日の分は売り切れてしまいましたが、あとは甘いパイに、甘い卵あんのまんじゅうや、ゆで卵を中にいれた野菜のパイなどがございますよ」

「おお、それはいい」

ヨナはフードをはねあげてにっこりした。

「ではその野菜のスープに麵を入れていただいて、それにそのまんじゅうをいただきましょう。エルシュどの、パイも召し上がりますね？」

スカールはあわただしくうなづいただけだった。

「あとじゃあ、私はそのゆで卵入りのパイと甘い卵あんのまんじゅうというのをいただこうかな。すみませんがスープには、少し肉を多めに入れていただけませんか。連れはからだを悪くしていて、いまとても滋養が必要なのですが、このさきヤガに入れば、なかなかに精進以外のものは難しくなりそうですよね？」

「そうですなあ」

親父は、すぐにあれこれと手慣れたようすで料理の用意をはじめながら、にっと笑った。

「いや、だが、ヤガでもその気になれば、ウラでは肉食をすることも出来ると申しますよ。これはあまり大声では申せませんし、おもて街道では、最近は《ミロクの使徒》たちが出回っておりますから、なおのこと、大声では申せませんが」

「ミロクの使徒？」

するどくヨナは聞きとがめたが、あまりいきなり、その話題に飛びついたと思われぬように、おだやかに話題をかえた。

「それは耳よりなお話だ。ヤガで肉食が出来る？　あの聖地ヤガでですか。それは信じられないなあ」

「けっこう、本当は、肉を食べないともたぬ、といわれるかたもおいでになりますでね」

親父は苦笑しながら、熱いスープを大鍋から小鍋にとりわけ、火にかけ、別の鍋に水をくみいれて火にかけて、麵の用意をはじめていた。

奥から、小さな、明らかに親父のつれあいと見える同じ年くらいの老婆が出てきて、二人によちよちと茶を運んできた。茶はなかなかに薫り高く、こんな路地裏の店と思えないくらい、うまかった。

「やあ、これはおいしいお茶だ」

ミロクの挨拶を老婆相手にかわしてから、ヨナは褒めた。老婆のおもてがほころんだ。

「そういっていただけると嬉しゅうございますよ。なにせ、このごろは、そのようにおっしゃるかたも少のうなりまして」

「でもミロクさまは、お茶の楽しみまでは禁じてはおられないでしょう。むしろ、そうやって生きていることをつつましやかに楽しむのは、ミロクさまの望まれた人間のありようだと私は教えられてまいりましたが」

「巡礼さまがたはパロからおいでですかな？」

ずばりと親父が云った。ヨナとスカールは顔を見合わせたが、ヨナはうなづいた。

「そのとおりです。クリスタルの下町から、長年の宿願かなってヤガの聖地巡礼へとやってまいりました。連れはいささか病気をしておりますので、私が世話係として連れて参ったのです」

「そうですか。それは、やはり滋養をとられねばなりますまいの——街道筋の宿屋で出す食事ときたら、みんなそれこそ、家畜の餌のような味気ないものばかりでございますからねえ」

「そうでないものがヤガでいただけるなら、こんな嬉しいことはない。もしも、知っている店があるんだったら、いくつか教えて下さいませんか」

ヨナは頼み込んだ。老店主はうなづいた。

「では、召し上がっていられるあいだに、いくつか、わしの知り合いのヤガの店で、わしの名前を出せば、奥の個室に入れてくれて肉料理を出して食わせてくれるところを御紹介いたしましょう。ただ、酒はいけませぬ。昨今、ヤガでは、酒への禁忌がことのほかきびしいのです。肉のほうは、ちょっとばかりは大目に見られます——ただし、《聖なるおきて》にしたがって、動物どもが苦しまぬように殺してやったものしか、許されないとされておりますが。魚については、大きな食べ物屋やはたごではわりと普通に出ております。それに、上のほうでは、けっこういろいろなぜいたくをしておるというひそかなうわさもございますよ……《五大師》たちとその取り巻きのあいだなどでは特に」

「《五大師》？」

ヨナは首をかしげた。

「それは何ですか。きいたこともないが」

「クリスタルからおいでになったのでは、無理もございますまい。最近のヤガでは、《五大師》とそれに選ばれた《ミロクの騎士》、それに、《ミロクの聖姫》と、そして誰よりも位の高い、ミロクさまのみことばを直接うかがうことが出来るという《超越大師》様が非常に崇拝されております。そのかたたちはそれぞれに神殿をもち、そこでミロクのおことばをきき、それを信徒たちに伝えるという儀式をおこなっておりますが、選ばれた信徒たちはその儀式のあと、儀式に使ったヒッジや鶏《フラー》の肉をともに料理して、わけていただき、ミロクに許された聖なる栄養をいただき放題にしている、という話ですよ」

「そんな人たちがいるなどという話は生まれてはじめて聞きました」

不思議そうに――いかにもあどけなさを装ってヨナは聞いた。

「私はずっと、ミロクさまのみもとでは誰もかれも平等で、だから他の教団のように僧官だの、祭司だのというものはミロク教ではいないのだ、と信じてまいりましたが……もう、ヤガではそうではないのですね」

「この十年、いや、ものの七、八年のあいだにかなり変わって参りましたですね、ヤガも」

店主は蒸籠のふたをとると、そのなかからいくつかの白い、ふっくらと蒸し上がったまんじゅうを取り出した。そして二つの皿にのせて、長い象牙のハシを一つづつそえて運んできて、二人の前においた。

「こちらが卵あん入りの甘いまんじゅうで、こちらが羊肉入りの野菜まんじゅうでございますよ。やはりおもてだっては肉食はあまり褒められたことではございませんので、あまり大声では申せませんが、このあたりで肉をいれているのはうちだけだものですから、ずいぶんとヤガからも、うちのまんじゅうやスープを食べに見えますよ。ええ、僧官のかたたちなども」

「僧官……もいるようになったのですか」

また、軽い衝撃を覚えながらヨナは叫んだ。が、あわてて声をひそめた。

「すみません。何しろダネインをわたってきたばかりで、何も知らないものですから。なんだかずいぶん、自分の思っていたのと、ヤガがようすが違ってしまっているようで」

「それはもう、はらからのお考えになる以上にかわってしまいましたよ」

店主は云った。ヨナは湯気のたつまんじゅうを二つ、半分に箸で割り、スカールの皿に半分をのせて、自分の分にさっそくかぶりついた。

「やあ、これはとてもうまいな。ことにこの卵の甘いあんはたまらない」

「有難うございます」

店主の皺深い顔がほころびた。

「これが当店の自慢なんでございますよ。毎朝、うちのばばあが卵を割ってせっせとこしらえるのですが、その卵もうちの裏庭で飼ってる二十羽の鶏が生んだ新鮮そのもののやつでございますから、もう、とてもおいしゅうございますよ。――にしても、僧官のかたたちはもっと肉をよこせとおっしゃるので――あまり大声では申せませんがねえ。まもなく、もしかしたら、ヤガでは、肉食はおおっぴらに解禁され、ミロク教徒も肉食をしてよろしい、そうでないといまの濁世に力がつかぬ、というようなミロク様のあたらしいおことばが、《超越大師》ヤロールさまから伝えられるかもしれませんね」

「《超越大師》ヤロールさま」

ヨナは湯気の立つうまいまんじゅうにかぶりついてそれにすっかり夢中になっているようすをよそおいながらつぶやいた。

「それで、さっき、《ミロクの使徒》が出まわっている、というようなことをいってお られたが、それは、その《ミロクの騎士》とか、その五大師とか、それとは別なのですか」

「私どもが、そんな話をしたと、ヤガでおっしゃらないで下さいましよ。このあたりはまだまだ平和でございますが、ヤガだと、もうひとはみんな、たがいに告げ口をされるのをおそれて、なーんにも云わないそうでございますからねえ」

店主は眉をよせた。

「《ミロクの使徒》というのはえたいのしれぬ連中でしてねえ。——このあたりまでは、街道にしか参りませんが、ヤガでは、町なかをしょっちゅう、なんというのでしょうか、看視してまわっている、という話をきいております。あまりそんな連中がしょっちゅう店のまわりをうろつくようになったら、イヤだから、わしらももう年でもあるし、いいかげんたくわえもたまったから、それをもって、鶏どもを連れてもっと奥地に引っ込んで、鶏を育てて卵を売るくらいでほそぼそ暮らそうか、なんどとばあさんとも話をしておるんでございますよ。《ミロクの騎士》はこれは、別の話で、超越大師だの、五大師様がたがそれぞれにお選びになった、それら尊いおかたの身を守ってさしあげるための護衛の人たちでございます。フードとマントの下によろいをつけ、でも剣は帯びずにあくまでも平和のうちに尊いかたたちを守ろうとしている、ミロクの教義にあった人たちだと申します。しかし《ミロクの使徒》というのは……うわさによれば」

「あんた」

ばあさんが突然口をはさんだ。

「よけいなことをいうでないだよ」

「それも、そうだわな」

老店主は、うなづいた。そして、ヨナたちのほうを見て首をふった。

「確かに、あんまりべらべらとしゃべると、こんなクロウシュのような、ヤガの中心地からはずいぶんはなれたところでも、誰の耳に入らぬとも限りませんでな。さて、麵も出来ました。あつあつのところを差し上げましょう」

小さな手つきのザルで、黄色っぽい細い麵を掬い上げると、老人はそれを大きめの白いぶこつなどんぶり二つにとりわけ、その上にたっぷりと、長い手のついたしゃくしで具だくさんのスープを鍋から注ぎ分けた。それから、その上から、このあたりでよく使われる香草のすでに刻んで容器に入れてあるものをつかんで、ぱっとその上に入れた。

「これは大変」

ヨナがささやいた。

「私はもう食事がすんでるから、そんなにいただけませんよ。エルシュどのはいかがです」

「俺はあの鍋ごと全部食ってしまえるくらい、腹が減ってならん。もしもお前が残すなら俺が全部食ってしまうから心配するな」

「それは助かります」

ヨナはほっとして云った。だが、心のなかは、たったいま仕入れた情報で一杯だった。

「なんだか、ヤガはずいぶん様子がかわったんですねえ。ええと……お父さんはなんというお名前なのかな」

「おもてのちっさな看板に書いてありますが、ドウシュの店のドウシュでがす。こちらは女房のエイで、もうこのクロウシュでこうして二人で食事と軽食を出して五十年にもなりますよ。ずっと街道をちょいとはなれたところで、夜になって腹をへらしてうまいものの食えるところを探しておいでになる巡礼さんたちを相手に商売して参りました。だから、ヤガにはめったに――半日ばかりのところに暮らしていても、祭りやミロクさまの祭事のほかにはめったには参りませんが、ヤガのようすはよくよく知っていると思っておったんでございますがねえ」

ドウシュ老人は小さな吐息をもらした。

「それにしても最近のヤガの変わりようは激しいようで……どうにも、わしら、昔もんには理解が出来ませんよ。わしらはもう五十年から、いやそれよりもっと前から忠実なミロク教徒で、まあヒツジの肉《フラー》を多少使うのは、いささかのその、商売上手ということで、ミロクさまにお許しを願うといたしまして、ほかの点ではすべて忠実に誠実にミロクさまのみ教えを守って参りました。――それが、このころになって、こんなふうに世の中がかわってしまいますとはね。といっても、ヤガの上のほうのかたたちのなさることは、わしらしもじもにはとても理解できませんし。それがミロクさまの新しいみことば、み教えなのだといわれてしまえば、ただ黙って合掌するだけのことでございますから」

麺は熱く、沢山の野菜が入っていて、なんともいいだしがでていてとてもうまかった。もうこんなに食べられないと思ったヨナでさえ、半分以上も食べてしまったほどだった。

「おやじさん、この麺は本当にとてもうまいな」

「そうでしょう、そうでしょう。どなたも、ミロク教団の偉いおかただって、騎士様だってここにおいでになれば、ドウシュの麺といって何杯もおかわりして召し上がるんでございますよ」

「ほんとに、このしばらく食べたこともないくらいうまいなあ。云っては申し訳ないけれど、さっきの宿屋の食事のハロハロなんか、やっぱり家畜の餌みたいに思われるほどだ」

「ヤガの聖ミロク大通りの横町に、女房のエイの弟にあたる、ってことはわしの義弟なんですが、ルーカってものがやはり小っぽけな店をやっておりましてな。こちらでは、裏メニューに、ヒツジ《フラー》の焼いたのも出しますよ。もっとも、肉はこうばしい、よいにおいがいたしますのでねえ。どうしても、焼くときに外に匂いが漏れてしまいますので、義弟は地下の店で、つけ汁によくひたしたヒツジ《フラー》の串焼きを出しているのでございますが、ときたまかたちばかりミロク神殿からお目玉をくらうんでございますよ。それでいて、本当はどの役職のかたたちも肉食は大好物でおいでですから、こっそりと、人目をぬすんではルーカの店においでになるんでございますがねえ、はははは」

老人は呵々と笑ったのだった。

4

「どうも、だいぶん、お前の知っていたヤガとは、ヤガも違ってきているようだな」

スカールは、その、夜の冒険ともいえぬような、だがそれなりに収穫のあった外出のことを思い出しながら、小さな声でヨナに云った。

「まったくです。というか、一番驚いているのはわたくしで、このままだと私はヤガに入ったとしても、何ひとつ案内人としてはお役にたたぬことになるのではないかと心配いたしておりますよ」

「俺は俺で正体を見抜かれ、なんらか見張りをつけられてしまったのだとすると、かえってお前に迷惑をかけるのではないかと心配だ。どうも、さきほどのあの店のおやじの話を考えるに、《ミロクの使徒》と呼ばれているのは、ヤガやその郊外をさりげなく見守っている、ミロク神殿の密偵たちではないか、という気がするのだがな」

「私もそのように思いました。あの、大巡礼団がよく街道ですれ違いましたが、最初はあの連中かと思いましたが、話の途中から、どうやらそうではなく、もっと《使徒》という連中は少なそうだと思いました。あの大勢いたのはもしかしたら、《ミロクの騎士》という連中かもしれませんね。だとしたら、その、五大師だの、超越大師だのという連中は、それぞれに騎士団をひきいている、ということなのでしょうか」

「だとしたら、それこそ、これまで平和の象徴、不戦の集団とされてきたミロク教団とは、まるきりことなったものになってしまったと思わなくてはならぬだろうな。——待て、あのおやじ、ドウシュは、《超越大師》ヤロール、といっていたな？」

「はい。私の記憶にあるかぎりでは、ミロク教団では、そのような大師だの超越大師だのという役職はなく、また教団長だの、祭司長だのというものも、ミロクさまのもとに公平でなくてはならぬ、という信念からおかれておらず、ただ、『ミロクさまのお世話をし、そのみことばを伝える』十人の高僧、という、『十人衆』というものが、しかもこれは定期的にまわりもちでおかれており、同じかたばかりが権力を得ることのないようにされておりまして……そのなかで、かわることなくずっと高い位におられたのが、いわゆる、ヤモイ・シンというたいへん名僧と申しますか……ミロク教団の僧官というのも、いわゆる、ほかの宗教で申します僧とか神官、というのとも違うのですが……まあ、神官と僧を足して二で割ったようなと申しますか。ヤモイ・シンというかたは、きわめてミロクさまの心にかなった生き方をされた高僧として非常に信頼を集めておられたのです。もうおひとり、たしか、ソラ・ウィンというかたもおいでになりましたが——どちらも非常なご高齢だったはずで、もう確か数年前に亡くなられたようにうかがっていたのですが……」

「ということは、その、ミロク教団で高僧として尊敬され、信頼を集めていた高僧たちが亡くなったのをきっかけに、教団がしだいに変わっていった、ということか？」

「かも、しれません。――しかし、ここはまだクロウシュですから、あのドウシュのように率直に話してくれるものもおりましたけれども、いったんヤガに入ってしまうと――ましてそんな、《ミロクの使徒》などという連中が出回っているようでしたら、なかなかに、本音を吐いてくれることもなくなってしまうでしょうね……」

「その《超越大師》とやらいうのが、あのおやじの話のようすでは、現在ヤガでもっとも勢力をふるっているようだった。それらの清僧、高僧たちが相次いで高齢のために亡くなったあとに、しだいに発展してゆく教団をみて、これだけの財力や人力があれば、それを使えば中原に覇を唱える国家にだってなりうるだろう、と考えた才子――だか、悪党だか、なんだか知らぬが、そのようなものがいたのかな」

「かもしれません……私にはわかりません」

「そりゃ、俺にもわからん。わかるのはたったひとつだな」

スカールはくすりとおかしくもなさそうな笑いをもらした。

「今日の晩飯は相当ひどかったが、俺はこのさき、ずっとそれで我慢しようと思っていた。一応かりそめにもミロク教徒に化ける以上は、ミロク教徒と同じ思いをしなくてはと思ってな。だがドウシュのおやじの話をきいたかぎりでは、どうやら、それほどひどい思いをしなくてもすむようだ。きょうの食い物もなかなかうまかったし――あの麵などめっぽううまかった。俺はけっこう夢中で食ってしまった――だが、ヤガでも肉食はおこなわれているということだし、そうやって、騎士団だの、兵隊のような連中も増えてきているということは……ミロク教団も、いまや、ごくあたりまえの、普通の人間どもがさまざまな普通の野望、我々にとってはあたりまえの野望や野心をもってせめぎあう、そういう場所に変わりつつある、ということだな」

「それが、私にとっては、一番心外で――また、一番心配でならぬことですよ」

ヨナは吐息をもらした。

「私の求める巡礼団の消息は、ドウシュの店で探りを入れてみてもいっこうにらちがあかなかったし、この分だと、ヤガに入ってみてもどうなることやらわかりませんね。それればかりでなく、ヤガがあまりに、普通の国家のように武装したり、さまざまな野心をもった君主のもとに統一されたりしてしまうと……私はなんのためにこれまで長の年月、ミロク教徒でいたのだろうかと、ますます疑ってしまうことになりそうです。といって、いまからヤヌス教団にくらがえするというのも、あまりにもしっこしのない話ですし」

「まあ、もうちょっとヤガの正体と現状を見極めてからその悩みを持っても遅くはないさ」

スカールは笑った。そして、布団を肩までひきあげた。

「ともかく、このクロウシュあたりでも、ああして率直に胸襟をひらいて思ったとおりに話してくれる親父がいたのだから、ヤガでもそういうやつが探せないこともないだろう。すべては、明日からだな」

「ええ……」

ヨナは大人しく答えた。だが、その夜は、結局、ヨナは遅めにまたたらふく食べる、という、習慣にまったくないことをしてしまったせいで胃がもたれもしたし、また、このさきヤガでどうなるのかという不安、それよりもさらに大きい、これまでおのれがたのんできたミロク教というものが、土台から大きくゆるぎだしているのではないか、という不安のために、まったく眠ることができなかったのだった。ヨナがようやく、少しでもとろとろと出来たのは、明け方になってからだった。そのころにはもう、ミロクの朝の詠唱が、街角にひびきはじめ、鐘の音が遠く近く聞こえていて、なかなかに落ち着いて眠るどころではなかった。

(それでも――それでも、ようやく、われわれはヤガまでやってきたのだ……)

相当に睡眠不足で参っていたにもかかわらず、ようやくヤガの都市全体が見渡せる、街道のちょっと高みで足をとめたとき、ヨナはその深い感慨にとらわれぬわけにはゆかなかった。

（ヤガ——ミロクの都……）

とうとう、ここまでやってきたのだ。

ヤガに通じる道は、どれも少し坂になっていた。ヤガがその坂の頂上になっている道もあれば、ヤガがやや下になっている道もある。このあたりはもともとはそれほど起伏の多い地形だというわけではないのだが、たぶん膨大な人数の巡礼たちが歩き続けて、もともとは舗装していなかった道にそのような起伏が出来てしまったのだ、というような言い伝えがあった気もする。

だが、巡礼たちがおもに使う道、ミロク街道を抜けて、さいごにヤガの市門の正面に出る道は、一回、ヤガのかなり手前に、かなり急な坂があって、その坂をのぼっているあいだにはまったくヤガの市街は見えない。

そして、その坂をのぼりきったとたんにミロクの聖地、ヤガの素晴しい都市風景が一望のもとに見下ろせるようになっていて、そこにたどりついた巡礼たちは一様に感動の涙を流す。それはおそらく、その効果を狙ってあらかじめそのように坂が組み上げられたものだと考えたほうがよかった。その坂はかなり巡礼の足ですりへらされたものの、石組みの階段だったからである。

だがそれはなかなかに素晴しい演出効果だと云えた。遠くに見えるヤガにずっとずるずると近づいてゆくよりは、途中まで、自分が何を、どこを目指しているのかわからぬ不安のままに、最後の疲労のなかを歩き続け、そして、突然に、目の前に素晴しい景観が開けるのだ。たいていのものは、そのありさまに感動する。なかには、そこにくずおれて大地に接吻し、号泣するものすらいるのだ。巡礼たちはあまりそのように感情をおもてに出してはならない、とされているが、その、『ミロクへの坂』と通称されている坂のてっぺんには、「涙の泉」と名付けられた休み場と噴水があって、そこではみな、涙を流しても、フードをはねのけて感動をあらわにしてもかまわぬのだった。

みな、長い苦しい旅を経てきた巡礼たちは、その「涙の泉」で手足を洗い、涙に濡れた顔を洗い、からだを浄めた心持になって、あらたにヤガの市内へと通ってゆく。その下り坂のとっつきに、市門があり、そこで旅人たち、旅の商人たちは素性と身元保証人、そして旅の目的などについてきびしく問われる。

それもかつてはまったくそのようなものはなく、あけっぴろげで、そもそもヤガは城壁におおわれた当世風の都市ではなく、平地に好き放題にひろがっている町並だったとヨナは聞いているが、ミロク教徒がどんどん増加してゆくにつれて、それを危険に思い、ヤガに潜入して実態を明らかにしようとする各国の間諜もいれば、またさらにミロク教団を目のかたきにするほかの教団の間諜などもいる。また、世相そのものもかなり物騒にかわってきていることを考えるなら、この変化はやむを得ないことなのだろう。

（ミロク教団そのものも、ずいぶんと様子が変わっているようでもあるしな……）

それでも、ここからの景観は素晴しい——

ヨナは、目を輝かして、『ミロクへの坂』の頂上から、眼下にひろがるヤガの風景に見とれながら思っていた。

それは、東西に二本の大きな川が流れているあいだに、主として石づくりの四角い大きな建物が林立している、思っていたよりもずっと巨大な都市であった。だが、同じようなスケールの他の都市と決定的に異なっているのは、いたるところに、丸い、先端の尖った異国風な建物の屋根が見えて、その周辺がかなり空き地になっているのがわかることだ。それはつまりはミロクの祭祀所であった。

そして、それらが点々とその四角い普通の建物のあいだに見えるところにはいずれもかなり広い石造りの道が通じていて、ここから見下ろしても、にぎにぎしく荷馬車や乗合馬車、そして個人用の馬車が右側を走ってゆくのが見える。

左側は人道になっていて、小さな手すりのついた石垣が馬車とのあいだをへだてている。そして、そちらの道には、黒っぽいすがた——いうまでもなく巡礼のすがたが沢山見える。

そして、それらの丸い祭祀所のいわば頂点、ど真ん中、という感じで、市の中心に位置しているのが、それらすべての祭祀所を十個あわせても足りぬほどに巨大な、まんまるいドームのような建物であった。

その建物の壁は、石でもレンガでもなく、すべてタイルで張られ、そしてそれは青を基調にしたふしぎな模様を形成していた。ほかの祭祀所も屋根については、いろいろなタイルのモザイクが貼ってあったが、中央のそのドームは巨大さからいっても、そしてそのモザイクのこみ入って精妙なことからいっても、まったくほかのものと比べ物にならなかった。

明らかに、それが《ミロクの神殿》であった。

そのようなものが出来た、ということはヨナもパロで小耳にはさんでいなかったわけではなかった。しかし、あまり本気にしていなかった――というか、もっと、粗末な、というよりも要するに質素な集会所のようなものだろうと信じていたのだ。というのも、ミロクの教えというのは、そうして、偶像崇拝や、あるいは偶像を崇拝するための特定の建物を教会、神殿として建造し、そこに人々をあつめて貢ぎ物をとるようなことを、本来は、かたく禁止していたからである。

原始ミロク教とでもいうべき、ヨナがずっと馴染んできたこの教えは、ただひたすら、身を高く持して清らかに生活し、欲を去り、そしてたとえ創始者であるミロクの像をでも、壁にかけて拝んでそれに頼るような心根をもってはならぬ、というものであったはずだった。職業的にミロクに仕えることを日常とする僧官、僧侶などはいたが、かれらもまた自分たちで農耕や漁業をして生活をたてており、僧、神官であるからといって、それによって金をむさぼることは厳禁されていた。ヨナのずっと親しんできたミロク教とはそのような、素朴で質実剛健なものであったし、また、そこには、たったいま目の前にひろがっている、聖地ヤガのこの巨大なミロクの神殿のような、精妙で豪華な、いかにも特別な聖地を象徴しているかのような建物の存在は、入り込む余地など、なかったはずだったのだ。

（………）

なんとなく、ひどく複雑な心境で、ヨナは、ついにたどりついた憧れの地ヤガを見下ろしていた。

それが、きわめて活気にみちた都会であるのはひと目で——このような遠望からも明らかであった。ひっきりなしに車輪の音、ひづめの音、馬のいななきの声がきこえ、人々のざわめきも潮騒のようにたちのぼってくる。ここから市門の内部がちょっとのぞけたが、そこにはにぎやかな商店街がひろがっていて、それはかなり広くて立派な通りの両側だけでなく、さらにそこから何本もの横筋の通りへもひろがっているようだった。そこに、巡礼すがただけでなく、地味だが日常着の、つまりはヤガにすまう人々が大勢右往左往していて、商取引がいかにも活発におこなわれているようすを想像させた。

とうとうここにたどりついたのだ、長年、ひとたびは足を踏み入れたいと念願していたミロクの聖都に到着したのだ、という思いは強かったけれども、それと同時に、同じほどに、とまどいも、また驚愕も、そして不安と不信と、困惑の思いもヨナのなかに大きかった。

(これが、ヤガなのか。――これが、長年、私が憧れてきた、清らかにして俗世に汚されたことのない、清貧と清澄の都の、げんざいの姿であるのか……)

(この都は……まるきり、いささか色合いが異なっているというだけの、普通の商業都市のようにしか見えないが……)

むろん、ぱっと目をひく巨大なミロクの神殿、その周囲に沢山ある小さな祭祀所が、この都市にかなりそれらしい個性をあたえているのは確かなことだ。

だが、それ以外では――ヨナの期待していたような、質素で、ひっそりとしずまりかえった、学究的なにおい、などといったものはこの都には感じとれなかった。むしろ、俗世間の、たくましく忙しい生活空間が、ここで栄えている、というようにしか思われない。

スカールはそのヨナの茫然自失をある程度予測していたかのように、何ひとつ口を開かずに、ずっとヨナが我に返るのを待っていた。スカールのほうにはもとより、それほどに何かをこの都のたたずまいに感じる理由とてもなかったのだ。

ヨナがそこにそうして立ちつくしているのを邪魔にするように、両側からほとんど押しのけるようにして、巡礼たち、またヤガに入ろうとするものたちが、坂道を降りていった。巨大な荷車をロバにひかせ、その荷台一杯に新鮮な葉っぱ野菜などを積み上げたり、大きな麻袋をのせた商人たちが、うしろをまだ少年の小僧たちに押させながら、注意しながら坂を下ってゆく。坂は相当に広かったが、両側が人道になっており、片方はのぼり、片方は下りとさだめられているようで、そして真ん中はやはり二つにわかれてそれらの荷車や馬車の上り下りの出来るようになっていた。

さすがにあたりを往来するのはみなミロク教徒であるから、茫然と立ちすくむヨナを乱暴に押しのけたり、罵ったりするようなものはない。また、そうやって、茫然とヤガの都に見とれ、あるいはおそらく別れを惜しんでいるものもほかにも大勢いたのだ。

だが、ヨナはようやく我にかえった。

「失礼いたしました……そろそろ、参りましょうか」

スカールにそっと低くささやくと、おのれのフードをことさらに深くひきさげて、ゆっくりと下り坂のすりへった階段を歩き出す。

それは長年のあいだ、巡礼たちの皮サンダルをはいた足ですりへらされたものだろう。まんなかがへこみ、砂岩の土台があらわになっている。スカールとヨナは、フードを深くひきさげ、ほかの巡礼たちにまざって、長い下り坂を下りていった。

「こちらにお並び下さい。ヤガ入市を御希望のかた、巡礼のかたで単独のかた、巡礼団に所属しておられぬかたは、こちらからお並び下さい」

フードをうしろにはねのけ、紺色がかった黒のマントをつけた市門の役人とおぼしいものたちが数人、声をからして、市門の入口に殺到しようとする巡礼たちをさばいている。

荷車や馬車は真ん中の門から、チェックをうけてよしとなればガタガタと入っていったし、出てゆくものたちはこちらからみて右側の門からどんどん出てゆくようすだった。左側にある、入市用の門だけがきわめて混雑していたのは、やはり入ってこようというものの数のほうが、ヤガから出てゆこうというものにくらべて格段に多かったからだろう。

ことに、入市用の門は比較的狭く、そこでかなりきびしい審査が行われているようだったので、そこには長い、長い列が出来ていた。相当のあいだ待たなくてはならぬと見て、ヨナとスカールは、おとなしく列に並んだが、そのあいだも、二人の目はすばやくあたりに走っていた——それぞれに、意図は違っていただろうが。

ヨナは、こうしているあいだに、偶然に、フロリーとスーティだの、またはマリエとラブ・サン老人だのという、その存在を目的にしてきたものが通りかかりはしないか、というような思いもあったし、また知り合いに出あえれば、いろいろ教えてもらえるかもしれない、という気持もあった。すでにクリスタルからもずいぶん大勢のミロク教徒が巡礼にヤガに出かけている。そのなかのひとりくらいには、これだけの人間がいれば、すれちがったりすることもあるのではないかと思われたのだ。

だが、ここが入市のための場所であったせいか、ヨナが探すようなものたちはまったく見あたらなかった。スカールは、逆にまた、この都市のすべてを見尽くしてやるぞ、とでもいいたげな鋭い目をフードに深く隠して、ちらりちらりとあちこちを見つめていた。

列は長く、なかなか進まなかった。かれらは朝早くにクロウシュを出て、一回休んで宿で持たせてくれた昼の弁当を街道筋の休憩所でつかい、それからまた歩いて、それからはもう一ザンもたたぬうちにヤガ周辺に入ったのだが、このままゆけば、ヤガ市内に入るまでのほうが、むしろそれより時間がかかりそうなくらいだった。

だが、誰ひとり文句をいうようすもないのだけは、さすがにやはりミロク教徒というしかなかった。人々はじっとおとなしく、うなだれて、疲れたものはじかに地面にすわりこんで待っていた。文句をいうものも、不平の声をあげるものも、「もっと早くしろ」というものも、特別扱いを要求するものもなかった。

(その点だけはさすがにミロク教徒だな)

スカールはそっとフードのなかでつぶやいた。

「え？」

ヨナが聞き返す。だが、スカールは首をふった。ほとんど、そこに列に並んでいる連中は、たがいに話をかわすことさえしておらず、じっとただ、時のたつのを待っていたのだ。どこからきたかとか、どのくらい並んでいるのかとか、そういう話さえも、かれらはまったくかわす気がないようだった。というより、そういう私語を禁じられているかのように見えた。

この門に並んでいるのは八割、いや九割がたが巡礼であった。住人たちは、だいたい荷物を持っていてまんなかの荷車の通り抜ける門から出入りしているようだったからである。それだもので、その列は、基本的に真っ黒で、巡礼のマントとフードをつけた黒いカラス《ガーガー》めいたすがたが、大小さまざまにじっと並んでいて、これまた、見ても面白いことは何にもなかった。

しつけのいいミロク教徒の子供たちは、なかにはけっこう小さい子供もいたが、小さなフードつきマントを着て、じっと母親か父親のうしろに並んで待っているだけで、これもまた、かけまわろうとか、大声をあげようとか、その場で遊び出すようすもなかった。それはかえって、小さい子供たちとしては多少異様な感じは与えたかもしれぬ。

それでもじりじり、じりじりと少しづつは列は進んでいった。さいわいにして、とても日が強かったり、また強い風が吹いていたり雨が降っていたり、またとても寒かったりすることもない、平和でおだやかな日和の一日であったから、列に並んでいる老人子供も多少はしのぎやすかったかもしれぬ。それにしても、あまりにもおとなしく、じっとそうして大小さまざまな大きさの黒マントの行列が居並んで番を待っているさまは、なまじあまりにおとなしいだけに、多少、信心あつい巡礼というよりは、強制収容所に並ばされている捕虜の群れ、といった印象を与えないわけでもなかった。

それでも、果てしないかにさえおもわれた待機にもついに最後がきた。少しづつ、少しづつ列がすすみ、ついに、スカールとヨナのいるあたりが、じりじりと前に出ていって、入市の門の手前におかれている、審査のための大きな机の手前にまできた。その机のうしろに五人の、紺色っぽい黒の、明らかにほかのものたちと違う色合いのフードつきマントをつけ、フードをうしろにはねた役人たちが椅子にかけて、大きな、おそろしく分厚い台帳を前にして、羽根ペンでせっせといろいろ書き込んでは、ぺたりと大きな判子を押したりしている。

そこまでくると、かすかなざわめきもおこったが、誰かがふりかえるとたちまちミロク教徒にあるまじきふるまいをしたことを恥じ入るかのように、声をあげたものたちはうつむきこんでしまうのだった。

「次のかた、三番の受付へどうぞ」

「次のかた、五番へどうぞ」

かたわらに立っている、同じような紺色がかったマントの若い男が、ひっきりなしに声をからして誘導している。

「お二人御一緒ですか。では、一番へどうぞ」

ついに、ヨナとスカールが呼ばれた。二人は、顔を見合わせ、やれやれと身を起こした。

第四話　イオの館

1

「ううっ、やれやれ」

スカールは思わず、安堵の吐息をもらした。

「さすがの俺も、フードをとってみろといわれ、口をきけない証拠を見せろといわれたときには、どうしようかと思ったものだが、まあ、なんとか無事に切り抜けられたようで何よりだったな」

「まあ、形式は形式にすぎないのだとは思いますが、私もさすがにちょっとどきりといたしました。でも、ス――エルシュさまがうまく切り抜けてくださったので」

「うまく口のきけぬふりの芝居など、したこともなかったが、とっさとなると意外となんでも出来るものだな」

どちらにせよ、まったく口がきけぬということになると、ミロク教徒だというあかしも見せられぬ、ミロクの箴言も口に出来ぬということになる。それゆえ、スカールはヨナと相談して、「口がかなり不自由だが、一応はゆっくりとなら喋れる者」として押し通すことに決めてあったのだった。

だが、矢のように、入市審査の門のところであびせかけられる「ミロクの質問」には、もし本当に口がきけなかったとしても、またもし本当にミロク教徒だったとしても、とうてい相手の求める早さで答えることはかなわなかっただろう。それは形式になっているというよりは、それにどのように答えるかによって、相手の正体を見極めようとしている、とでもいうかのように、審査の役人たちは二、三人がかりでスカールにむかって奔流のように質問をあびせかけたのだった。

だが、さいごにはヨナがいろいろと説明役をかって出、またヨナはそれらのかなりこみいったミロク教についての質問にもみな答えられたせいもあって、ようやく、市門を通ることをかれらは許されたのだった。ほかのものたちよりは相当時間がかかったけれども、ようやく「では、ミロク教徒、アムブラのヨナ、同じくアムブラのエルシュのヤガへの入市を認める」ということばをきき、書類に判子をついてもらったときには、二人ともにかなり疲れはててしまっていた。

市門を抜けてようやくヤガ市内に入っても、たったいまのきびしい審問の揚句に、本当はやはりあやしまれて、実は自在に口がきけるものがそのようにふるまっているだけではないのか、と思われて尾けられでもしていたら、という恐怖感が去らなかったので、スカールもヨナもまったく口をきこうとせぬまま、とぼとぼと市中に通じる一本道を歩いていった。

市門を通るともうすぐにその両側には物売りの店が並び、また、今夜の宿を巡礼たちにすすめる案内をする店や、その宿そのものからの客引きなども大勢出ていたのだが、スカールとヨナは、申し合わせたように、それらには目もくれずに、いかにももう泊まるところは決まっているのだといいたげにとぼとぼとその繁華街を抜けていった。

だが、ヤガのそのあたりの繁華ぶりはかなりのものだった。市門をすぎたすぐのところに、そのようにして入市者を迎えるさまざまな店が並んでいただけでなく、大きな正門から出入りする荷車が、いったんここで荷を下ろして少し商いをするらしく、とても広い石畳をしきつめた広場があって、そこのまんなかに噴水があり、そのまわりにずらりと屋台店が並んでいた。半分くらいはなまものや野菜、干し魚や乾果を商う店であり、残りは衣類やクツやカバンなどを商う店であり、あとはいろいろに、ものを食べさせる店だの、飲ませる店であった――飲ませる、といってもミロク教徒の町である以上、酒ではなく、商っているものはあくまでもカラム水だったり、ランブリング茶であったり、さらに珍しいキタイ茶であったりしたのにすぎなかったのだが。

ヨナとスカールは、その広場を横切り、ちょっとそれらの店が途切れてきたあたりまでいってから、ようやく顔を見合わせてうなづきあって、それらの小さな屋台店のひとつの、店先に出してある床几に腰をかけた。かなり疲れて、喉もかわき、空腹にもなってしまっていたのだ。

スカールをおしとどめるようにしてヨナが店のあるじにキタイの藍茶を二つと、野菜あんのまんじゅうを二つ、それにスカールのためにとり肉入りの麺を一つ注文した。それをかれらはほとんどむさぼるように飲んで、食べた。

もう、とっくに午後も遅くなっていたし、朝クロウシュの宿屋を出発してから、宿屋で持たせてくれた粗末な弁当を一回つかっただけで、そもそもがスカールなどは、それだけではとうてい足りずに、空腹をひそかに訴えていたのである。夕食までは、普通ならあと一ザンか一ザン半くらいのものだったが、もうとうてい辛抱ならぬ、というようすで、かれらは熱い茶を飲んで生き返った心地になり、あつあつの蒸したてのまんじゅうや、湯気のたつ麺を食べてほっとひと息ついた。ヨナでさえ、まんじゅうを食べ終わると、小さな椀に入った精進の太打ちの麺を追加して注文したし、スカールのほうは、とり肉入りのまんじゅうをもう二つ追加して、それもどれも平らげてしまった。

そうしながら、かれらは床几にかけて、はじめて目のあたりにするヤガの光景をじっと観察していた。それは、まあある意味ではどこの都市でも同じような盛り場の光景、といえないこともなかったが、それでいて、やはりきわめて独特なヤガだけの風景を展開していて、見れども風趣つきぬものがあったのである。

そのあたりはまだ、ごく普通の商業都市のなかを、妙に大勢の巡礼たちが歩いているだけがちょっとした異質さを感じさせる、といってもよかったのだが、そのむこうの大通りに入ってゆくと、明らかにそこから先は、ヤガに入ったばかりのそのあたりとは違っていた。そこから先には、「宗教都市」だけのもつ何か独特のにおいのようなものがしっかりと立ちこめており、なかなかに容易ならぬ手ごたえのようなものを予想させた。

何よりも、すでにその石の広場のあたりからして、普通のあたりまえの商業都市と異なっていたのは、その異様なまでの清潔さであった。

普通ならば、そうして食べ物飲み物を商い、食材を売る店などが軒を並べているような人の集まる広場というものは、もっと汚れてもいるし、もっと生々しく、動物の血だの食べこぼしのかすだの、生ごみだのがバケツにつっこまれたり、あるいは石畳の上に落ちていたりして、けっこう不潔な感じのするものである。また、それが一種、そうした盛り場の活気を強めたりもする。

子供たちが駆け回り、あやしげな、何をなりわいにしているのかよくわからぬ男どもがうろつきながら水タバコや長タバコをふかし、昼から酒のにおいをさせている奴がいたり、一見して娼婦だとわかる女たちが目をさましたばかりで食事をとりにあらわれてきたり——そのなかを、一応かたぎに小商いに精を出している商人たちが、大声をあげて客を呼んでいるのが、かれらの知っているこうした広場の風景というものだ。それはアムブラでも、また草原の都市でも、いくつかのオアシスでも同じようであった。

だが、ヤガは異なっていた。ヤガの、ほかの都市との決定的な違いというものは、いまのところ、きわめて明らかなのは、その清潔さと静けさであった。

かけまわる子供のすがたなど、まったく見えもしない。――石畳はどこもかしこも、たえず水を打って浄めたばかりのようにきれいに洗い上げられ、血どころか、食べ物かすだの、生ごみのかげもなかった。それらはみな、ひっきりなしに広場に出入りする小さな手押し車を押しているごみ収集人が、大きな壺のなかにさらいこんであっという間にもっていってしまうようであった。そうした汚れが広場などに残っていると、やっと聖地ヤガに訪れた人々に対して、ミロクの神の心象を悪くするのではないか、とかれらが恐れているかのように、広場はたえずまめに水を流されて洗い浄められていたし、ごみはにおいをはなついとまもなく持ち去られてしまっていた。

そうして、それは、スカールとヨナがその簡単な食事をおえて、ようやくほっとしてだがぬくまった気持になりながら立ち上がって、大通りのひとつに入っていったときにも続いていた。それらの大通りもまた、どこからどこまできれいに清掃され、それは通りの石畳だけでなく建物の壁も、石畳でない地面も、何もかも同じことだったのである。

ここまで綺麗な都市というのは、ただごとではない――というよりも、ありえない、と感じさせるような、それは極端な清掃のゆきとどきぶりでもあったし、また、アムブラの喧騒と猥雑と汚さとに親しんできたヨナにとっては、いささか鼻白ませるような光景でもあった。見ている前でも、黒いマントの腰に白い、それがどうやらその役目のあかしらしい太いサッシュを縛ってマントの裾を持ち上げて短くしているミロク教徒たちが、ほうきとちりとりや、バケツと熊手を手にして、あちこち清掃してまわっているのが、目に入ったのだ。かれらは、この都市全体を、どの建物とかどの通りがとかいうのではなく、全体を磨きあげるのをおのれの使命とこころえ、それにすっかり陶酔しているかのように、丹念に、きわめて丹念に熊手や雑巾を使っていた。

（このあと、どうするつもりだ）

スカールは、最初は入市門をくぐりぬけてほっとしたあまり、普通の声になりかけていたが、歩いてゆくうちに、この都市そのものの持つある種の迫力のようなものに圧倒されてきたらしい。ひそやかに、声をひそめてヨナに囁いた。

（泊まる宿は決まっているのだったかな）

（何ひとつ決めてはおりませぬ。これから、ちょっと、神殿の前にはいくつかの店があって、それがそういう相談場所にもなっているはずですから、そういうところを探してこのさきの宿を決めたいと思います。でもまた、これから先どうしてゆくかの方針も、少しきっちりとたてないと、漠然と時間を浪費することになってしまいそうですね）

ヨナも囁きかえした。

ヤガの街路――ことにミロク神殿に向かう大通りの周辺は、妙にしんとしずまりかえり、大勢の人間が歩き回ってはいるのだが、それと感じられないくらい、驚くほど静かである。

むろん、馬車が石畳の上をごろごろとひいてゆく音や、人間の押したりひいたりする荷車の音、それにともなうかけ声などは聞こえているし、またそれなりに、ほのかなざわめきも聞こえないというわけでもないのだが、それは通常の都市のざわめきから比べたら十分の一程度のもので、なにがもっとも違っているかといえば、それはやはり通行人たちが「私語をかわしていない」ということにつきるように思われた。多少、それこそささやきあうようにしてフードの顔と顔をつきあわせての私語くらいはあるが、大声――いや、普通の声でも、普通こうした大通りでかわしているような会話はまったくかわされていないし、商店のあるじと客たちのあいだでも、そうした大声はまったく聞かれない。それが、この一種異様な静寂のもとを生み出しているのではないか、と思われた。

(それに――この町を、何年歩き回っていようと、よほどの偶然でもないかぎり、マリエだのフロリーさんだのに遭遇するっていうのは、無理だな……)

通行人たちは、ことに女性はふかぶかとフードをひきさげ、ときにはフードのなかにスカーフをさらに頭からかぶってその端をフードから出して、うつむきこんで歩いている。ぶつかりそうになると、手まねで「ミロクさまのおゆるしを」とあやまり、またさらに身を小さく縮めて歩いてゆく。すれちがうにも、そのようにしているのだから、当然顔が見えるわけもなく、あたりはただひたすら、黒っぽいかたまりがいくつもゆらゆらと動いているようにしか見えない。これで夜が降りてきたら、もっと通行人たちのすがたは見わけづらくなるだろう。そのなかで、フードのなかを覗き込んで、自分の探すものがいるかどうか、などということを確認するのは、到底無理だ、とそれははっきりとヨナにも感じられた。

(ということは……ただ漠然と探しまわっていても何の役にも立たない、ということだな……なんとかして、どこかで情報を得て——フロリーさん親子がどこにいったかとか……それとも、マリエとラブ・サン親子の情報とか……手づるがないことには、なにも……)

だが、その手づるを得るというのもなかなかに、想像していたよりも困難かもしれない——その思いに、いささか、ヨナはげんなりした。

とりあえずだが、当座の宿を決めなくてはならない。あまりにミロク神殿に近すぎると、いざ何かあったときに市外に逃亡するのが大変かもしれない、といって、ミロク神殿を大きくはなれすぎた郊外は、いろいろ立ち回るのに不便だろうし、また得られる情報も限られるだろう、ということについては、スカールと、クロウシュの宿などでもいろいろと話し合って、結局のところこの市の文字どおりすべての中心であるミロク神殿周辺から、適度にはなれたところで、だがミロク神殿にはすぐ歩いてゆける程度の場所に、当座の宿をとろう、ということに話を決めていた。

巡礼たちはあらかじめ、巡礼の世話係をする旅行店のようなところと話をつけ、いったさきの宿々だけは決めてから旅に出る。あるいは、途中の宿はまったく決めていなくても、ヤガに入ってからの宿だけは、市門を通るときに決めたり、あらかじめ誰か先乗りして用意してあったりするようだ。だがもちろん、そうでなく、単身でやってくる巡礼たちのなかには、ただ何も用意しないでやってきて、とぼとぼと小さな宿の扉を予約もなしに叩くものも少なくはない。

(そのでんでゆけば、たぶん泊めてもらえる場所もあるだろう。あまりに、立派な宿や、大きすぎる宿は最初から無理だし、また小さな家庭的な宿のほうが、亭主たちがいい人だったら、いろいろと知恵を貸してくれたり、馴れないヤガでの滞在について、面倒をみてくれるかもしれない。ミロク教徒たちはみんな面倒見がいいのだから……)

そうも、思っていたので、ヨナとしてはある意味「行き当たりばったり」でもなんとかなるだろうと思っていたのだった。

だが、かれらのそうした、いわばいささか甘い予想は、早くも最初の旅行店で裏切られることになった。

「予約を入れてこられなかった？」

ミロクの挨拶を丁重にかわしてから、ヨナの用件をきいた、店のあるじは、しぶい顔になっていた。首からはむろん、《ミロクの十字架》が下がっている。

「それはなかなかよくない時期においででありましたな。——いまはちょうど、ミロク大祭の前にあたり、いろいろな行事もありますので、あちこちの巡礼宿はみなほとんど満員にふさがっていて、なかなかに飛び込みでお入りになれるものではありませんようで」

「ミロク大祭？」

いささかびっくりして、ヨナは聞き返した。そんなものの存在は、聞いたこともなかったからである。

「さよう、ミロク大祭でございますな」

あるじは知らぬヨナを不思議がりもしなかったかわり、その田舎者ぶりにいくぶん呆れたように云った。

「十年に一度のミロク大祭で、聖者さまがたがみな十年にいちど、信徒の前にお出ましになる、ありがたーい大祭でございますよ。そのときにはミロク大神殿の大扉が開いて、百年にいっぺんしか拝めないといわれる、ミロクさまのご真筆の《みことばの壁》や、またミロクさま御本人が降臨されて口伝をなさる、そのときにはずいぶん大勢のものたちの訴えを直接おききになる、というので、まだはじまってはおりませんが、これからひと月ばかりのあいだに、どんどん、あちこちの地方から、世界中から、巡礼たちが集まってきてたいへんな騒ぎになります。そのときには、もうこんなものではありませんで、クロウシュ程度の郊外でももう宿は満杯になってしまうでしょうから、歩いて二、三日もかかるヤムラだのマルヴァンだのに泊まって、ヤガへはただ野宿するだけのつもりでやってくるものも沢山おると思いますよ」

「そんな大祭など、きいたこともない」

いくぶん、茫然として、ヨナは云った。スカールの前で、ミロク教についての案内者であったはずの自分が、あまりにも知らぬことや、思いもよらぬことが多いことに、すっかり茫然としていた。

「いったい、それはいつからはじまった大祭なのですか？　十年ごととおっしゃいましたね？　今回で何回目なのですか？」

「このように大きな祭りとして開催されるのは、今回がはじめてでございますよ」

店主のことばに、少しヨナはほっとした。

「それまでも、むろん、ミロク大祭は小規模に、ミロク神殿にておこなわれてはおりましたが、このように大勢集まってきたり、またミロクのみことばだの、ミロクさまの生涯が描かれた絵が公開されるだのということはありませなんだ。ただ今年はミロクさまご生誕の、まさに千年祭にあたると申します。この一千年はミロクさまが最初にこの世に人間として生を受けられたときのお話で、そのころにはミロクさまは、まだ聖者ミロクさまではありませなんだ。何回もの転生をかさねて、しだいに聖者としての生を積み重ねてこられたミロクさまが、生身で《最後の受難》にあわれてからはちょうど三百年。そうしてミロクさまはまことの《この世の聖者》となられました。いずれにせよめでたいことでございますので、それをあわせて祝うと同時に、ヤガの繁栄とミロク教の発展を祈って、盛大な祭りが催されるのでございますよ」

「そ——それはわかりましたが、しかし、では、宿は……」

「申し訳ございませんが、いまの時期、予約の入っておられぬ巡礼様には、お宿はご用意することが出来ませせぬ」

店主は丁重でもあったし、ミロク教徒らしくおだやかで親切そうでもあったが、しかしそのことばはきっぱりとしていて、何ののぞみもなかった。

「これは、わたくしどもの店だけでのことではないと思いますよ。時期が悪うございます——いったん、クロウシュあたりまでいって出直されてはいかがでございますか？もっともちょっとでも急がないと、どんどんどんどん、この先一ヶ月、二ヶ月から半年のあいだも予約が入ってしまうことでございましょう。この大祭は、最高潮に達するのは一ヶ月後の大祭開始、ミロク様降臨の行事のときですが、そのあと、ミロク様がいつ、彼岸にお帰りになるかはわかりませんからね。ミロク様が此岸、つまりこの世においでになるかぎりは、ミロク祭は続くのです。もしかしたら、永遠に続くかもしれません――ミロク神殿の大扉は開いたままで、すべてのひとびとの苦しみ悲しみを受け付けていやしてくれることになっております。しかしこの世のすべてのミロク教徒の苦しみ悲しみといえば、たいそうな量でございますから、ミロクさまも、それをすべていやしてからでなくては彼岸に戻られぬとすると、もしかしたら、この祭は一年も二年も続くのかもしれません。むろん、そのあいだじゅうお祭り騒ぎをしている、というわけではございませんで、とにかくミロク様がこの世におられる、この世に戻ってこられる、ということが、今回のお祭りの最大の要素なのでございますが、それにしてもこれは一千年に一度のようなことで、大変なことなのですよ。ですからそれはもう、当然ありとあらゆる信徒の皆様が、ヤガめざしてやってこられるわけで。ええ、アムラシュやテッサラ、スリカクラムからも大巡礼団が繰り出されるという話でございまして、もうそれは何万人分もの予約が入っております。いま、どんな小さな木賃宿でも、探すのは無理でございましょうねえ」

「………」

ヨナはやはり茫然としながら、一応丁重にミロクの礼をして、店を出た。

スカールは黙ってその話をヨナのうしろで聞いていただけだったが、いろいろと考えるところはあるようだった。どこかの店に入ってしまうと、誰にどう聞かれないものでもない、という心配がしだいに高まっていたので、かれら二人は、大通りの屋台店で、素焼きの壺に煮出した茶と使い捨ての素焼きの茶碗を二つ買い、それにスカールが早くももう腹をすかせてきたようだったので、たいらに流したガティ粉の上に、刻んだねぎと野菜をいろいろ散らして焼いた「野菜焼き」を二枚買って、それを持ってあちこち場所を探し、ミロク神殿をのぞむ位置にあるヤガ市中の大きな川、ヤガラ川の岸辺の、ひっそりと静かな腰掛けが木陰におかれている場所を見つけ出した。

そろそろ夕刻も迫ってきていて、ある意味気が気ではなかったが、しかし、あれだけ大きな旅行店の店主に、「木賃宿でも無理だ」といわれてしまうと、そのあとたてつづけにいくつもの旅行店を探して、はたごの予約を探してもらう気力もいったん萎えてしまった。どちらにせよ、まだかなり風は冷たくはあるが、このあたりはけっこう気候の温暖な地域で、夜になってもそれほどにひどく冷え込むわけではない。なんとか、一夜二夜くらいなら、野宿でもしのげるだろうか、と思わせる程度のものはある。

「それにしても、こんなに宿が見つからぬとは思いませんでした」

ヨナは熱い茶を注ぎ分けた素焼きの小さな粗末な茶碗を両手に抱くようにして、それで暖をとりながら、へこたれた声をもらした。

「これはわたくしのまったくの不手際で、一応まがりなりにもヤガをご案内するようなことをいっておりながら、本当に申し訳ないことです。それにしても、ミロク大祭などというものがある、というのははじめて聞きました――これまでも小さいのが行われていた、とおやじは云っておりましたが、私はミロク教徒となって二十数年、そんな話をきいたのはこれがはじめてです。――むろん、ヤガでは、それこそクリスタルなどには知らせる必要もないままに、ひっそりと季節の祭りとして行われていたのかもしれませんが――しかし……」

「まあ、とりあえずあたたかいものでも腹にいれることだ。人間、それが何より肝要だからな」

スカールはフードのかげで低く笑った。

「まあ、それに、そのくらい何かあったほうが、こちらにとっては、ヤガの変貌を見ることが出来てよいかもしれぬ。――それでは、そういう、ミロクの神殿が開いてミロク様当人がすがたをあらわすの、降臨されるの、みことばがどうの、ということも、お前ははじめて聞いたのだな」

「なんだか、まったく見知らぬ宗教の話をきいているような気がいたしました」

ヨナは正直にいった。スカールが渡してくれたまだあつあつの「野菜焼き」を手に持ったまま、なんとなく、悪い夢のなかにでも迷い込んだかのような気分でいたのだ。

「本当に、これが私が二十年来信仰してきたミロク教でしょうか。――などということをいうのも異端になってしまうのかもしれませんが、祭りはともかく、ミロク様が降臨され、そのみことばが人々に届いたり――ミロク様が此岸にとどまられて、人々の苦難をいやすなど――そんな話は、私はまったくきいたことも、想像したこともありません。そもそもミロク様というものは、私のなかでは……」

「静かに」

スカールが低く注意したので、はっとヨナは黙った。

「ミロクのみ恵みを」

ようやく落ちてきかけている黄昏のなかから、川べりの腰掛けに荷物をおいて座っている二人に向かって低く、声をかけてくるもののすがたがあったのだった。

2

「何者だ」

するどく、声をかえそうとするスカールを、ヨナはすばやい手の動きで制した。

そして、胸のところに丁寧に両手を組んだ。

「ミロクのみ恵みを、はらからの方」

低く答えて、そっと頭を下げる。相手が手をのばしてきたので、ヨナも手をのばして、両手を相手の手のひらにあわせた。

「エルシュさま。御挨拶を」

低く云うと、スカールもようやく、自分がどのようなところにいるのか——声をかけてくるものは次の瞬間斬りつけてくるかもしれぬ草原ではなく、ミロクの都にいるのだ、と思い出したように、そっと頭をさげてもごもごとミロクの挨拶をとなえ、それから手を相手とあわせた。

「お二人のかたらいに突然に声をかけ、驚かせてしまったのであれば申し訳ないことです」

おだやかな、静かな声が、フードのうちからひびいてきた。相手も、ヨナたちと同じようにミロクのマントを身につけている。だが、巡礼でない証拠には、腰にまいているサッシュベルトに大きな手帳のようなものが下がっていたし、前をすっぽりあわせておらず、中に着ている普通の衣類がのぞけていた。

「つい、お話のようすが気になったもので声をかけてしまいました。もしかして、おふたかたは、このヤガに巡礼にこられ、お宿の予約がないままに困っておられるかたか、と考えたものでございますから」

「おっしゃるとおりです、ヤガの親切なお方」

すかさずヨナは答えた。

「私どもはクリスタルより、聖地ヤガへひとたびはもうでたいものと念願いたし、このたびついに念願かなってヤガまでたどりつくを得たものでございますが、ヤガのさまざまな様子についてなどはあまりよく知らぬままに参ってしまいました。巡礼団にも属してはおりませんでしたし、こちらに知り人もございません。いや、知り人はいないことはないのですが、先にこちらに到着しているはずの巡礼で、どのようにして探しあててよいのやら、さっぱりわかりませぬ。それゆえ、こうして思案投げ首していたところでございます」

「それは、何よりお気の毒な」

声をかけてきた相手は、同じおだやかな親切そうな声で答えた。

「まもなく暗くなり、寒くもなりましょうし、案内所ですでにお聞き及びかと思いますが、このしばらく、ヤガはミロク大祭のために、かなりいつもにくらべてごった返した状態にあります。巡礼のかたがたもいつもの倍、いや三倍はヤガを訪れておられましょう。もしかすると、三倍よりもっと多いかもしれません。――それがみな、大きな巡礼団でやって来られるのですから、どの宿もみな、すでに満杯になっております。お二人という小さな単位で旅をしてこられ、平常でしたらむろんいつでもお宿がとれましょうが、いまのままではなかなかそうは参りますまい。あては、まったくおありではないのでございますね」

「ございません」

ヨナは悲しそうに首をふった。

「ミロクのお恵みにより、何日か野宿をしているうちにあいた宿が見つかるのではないか、とそのように相談をしておりました。まあさいわい、いまのところはそれほど寒いようでもございませんし……それにここは聖地ヤガ、路上でマントにくるまって夜を過ごしても、あやうい目にあうおそれはございますまいかと」

「そうはいうものの、当節はまだまだ、夜になれば冷え込みはきつうございますよ」

男はおだやかに云った。

「そのようにお困りのはらからを、目の前にしながらお救いの手をさしのべない、というのはあまりにもミロクの教えにもとることかと存じます。どこのどのようなおかたかは存じませぬが、よろしければ、うちにお越し下さい。うちはむろん宿屋をなりわいにしてはおりませぬが、ささやかな商いをしているものでございます。わたくしはヤガ、南ヤガラ区のアルトア・グリン通りにすまう、ささやかなあきんどで、イオ・ハイオンと申すものです。通称を南ヤガラのイオと呼ばれております。わたくしの汚い家でよろしければ、おふたかたを幾晩でもお泊め申し上げ、むろんそのあいだにお宿を探されるのでしたらそれもよし、もしも見つからなければ、べつだん一年でも二年でも、ヤガに御滞在のかぎり、うちにお泊まりいただいても、宿賃をよこせなどと申すことはございませぬが。さいわいにして、わたくしもおのれのたつきは十分にたっておりますし、そのようなものが、ミロクの兄弟に助けの手をさしのべるのは、ミロクの教えの基本になっておりますので」

「イオ・ハイオンどののそのご厚情に、心からお礼を申し上げさせていただきます。これこそはミロクさまのお引き合わせと、深くミロクさまに感謝いたします」

ヨナは丁重にいって、また手をのばし、イオ・ハイオンののばした手のひらと手のひらをあわせあった。スカールはなんとなくうろんげなようすだ。

「それでは、もしもとりあえず今宵ひと夜だけでも、お泊めいただけるのであれば、われわれとしてはどのように助かることでございましょうか。これこそミロクさまのお引き合わせかと存じます。わたくしはクリスタルは下町のアムブラでささやかな教師をしておりましたヨナと申すもの、こちらの連れはやはりクリスタルで剣術の教授をなりわいとしておられたのですが、からだを悪くされてミロクの教えに目をひらかれ、これまでのたけだけしきなりわいのむくいにと、ヤガへの巡礼を志された、エルシュ・ハウどのと申されます。からだを悪くされたさいに、口がいささか不自由になられ、またおからだももとのようではありませんので、わたくしがお世話をさせていただいております。まだミロクの道に入られてからも浅く、またそのようなわけでお口が不自由であられますので、ミロクの文言を自在にあやつられずとも、どうぞ大目に見てやっていただけますよう、お願い申し上げます」

「そちらのおかたがミロクの文言を自在にあやつられなかったとしても」

イオ・ハイオンは感心したように答えた。

「あなたさまがひとの十倍ほども自在にあやつっておいでのように思いますよ。これほどなめらかにお話になる巡礼のかたをお見受けしたのは失礼ながらはじめてだ。もとはクリスタルの？　アムブラの教師とおっしゃいましたな？　これは、もしかしてひとかどの学者であられたおかたではございませぬか。ならばなおのこと、わが家を宿にすることにたいへん光栄でございますが」

「とんでもない。いずれ、ミロクさまの教理についての勉学を積み重ね、そのような書物もあらわしたいもの、などという野望こそは抱いておりますが、まだまだまったくのかけだしの若僧、ただのアムブラのしがない私塾の講師をしていたものでございます」

「さようですか。ところで、そろそろ夜になりますゆえ、さっそく拙宅へご案内申し上げたいが、お見かけしたところでは、かるいお食事をすまそうとされていたところを、わたくしが不調法にお声をかけてしまったようだ。私もいま、ミロク神殿通りにある出店をしめ、片付けて、馬車をとってきておふたかたを自宅にご案内したいと思いますので、そのあいだに、すっかりさめてしまったら申し訳ありませんが、どうぞお食事をすまして、ご用意をされていて下さい。ものの二十タルザンほどで戻ってまいりますゆえ」

「これはじゅうじゅうかたじけないおことばです。ではここで、イオどのをお待ちさせていただきます」

「ではのちほど、ミロクのみ恵みを」

不自然なほどに丁寧にいうと、イオ・ハイオンは両手を重ね合わせるようなしぐさをし、それからマントをひるがえして、河岸の道を、ヨナたちがやってきたミロク神殿のあるほうへと歩き去った。

「おい、おい」

急いで、ヨナに身をよせ、声をきかれぬよういっそう小さくしながら、スカールが囁く。

「いいのか。あんなふうにして突然声をかけてきたうろんな奴の家に、身をよせることにしてしまっても。まあ、ヤガでは、それが普通なのかもしれんが、それにしても少々親切すぎはせんか。それに、あのちらりとマントの下にみえた服装からみても——どう見ても、そんな裏通りの小店の主人なんかではないぞ。あれはかなりの大店の主人だと見たが」

「というより、もしかしたら非常な大物かもしれませんよ。南ヤガラ通りというのは確か私のかすかな記憶では、ヤガきっての繁華街と、上流階級——あくまでもヤガにおいての上流階級という意味ですから、坊さんとか神官とかが中心ですが——が住まうたいそう豪勢な通りです。そこで南ヤガラのイオ、などと呼ばれているということは、もしかすると、ミロク神殿とかかわりのある、非常な権勢のある人物かもしれない」

「だったらなおのことだ。そのようなところに……」

「飛び込んでみなくては、このさい、この閉ざされた都市からは何も得られないのではないか、と私は思いますよ。ああ、そうだ、これを食べてしまわなくては」

ヨナは急いで、すっかり冷え切ってしまった野菜焼きを口に運んだ。

「食べ物を捨ててしまうようなこと、ムダにすることは、ミロク教徒には許されないことですから。——よろしければエルシュさまも召し上がって下さい。たぶんあちらのお宅についたら、たいそうなもてなしを受けるとは思いますが、エルシュさまなら、少しくらい召し上がれますよね」

「なに、俺は何がどれほど出てこようと大丈夫だが——第一、この町やこの地方では、出てくるもの出てくるもの、みんな野菜ばかりのようだしな」

いささか不平そうにスカールは答えた。

「だが、とにかく問題は、あの人物を信頼していいのか、ということだ。それが、ミロク教徒にとっては、当り前のことなのか」

「シッ、あまり大きな声でおっしゃらないように。——当然のこと、というよりは——それは私にもわかりません。いまや、ヤガは相当に前とはおもむきがかわってしまっているようですし。しかし、いま、私たちはどうしようもないし、ゆくあてもない。泊まる宿のあてもありませんし、探す人々の手がかりもない。このさい、あちらからでも、声をかけてきた運命に従ってみるほかはないのではないか、と思ったので、私は、そのイオどのの申し入れを受けることにしたのですが」

「まあ、それについては、異論はない。ただ、これは、ワナではないんだろうな」

「それについては全然なんともわかりませんよ、それこそ、私のほうこそ」

ヨナは低く笑い出した。

「もしワナだったとしても、それが何のためのワナなのか、誰によるもので、何をどうしようという目的なのか——逆に、ワナであれば、少しは、《敵》の存在やその出ようもわかるのではありませんか？　いまのままですと、私には、ヤガがいまどうなっているのか、いったいミロク教はどうなってしまったのか、それもまったくわかりようがありません。イオというあの人が敵なのか味方なのか、我々が何者であるかを知った上で深いワナを仕掛けられているのか、それともただミロク教徒として当然の親切なのか、それはもう私には全然わかりませんが、それをわかるためにも、ここであの人についていったほうがいいのではないのかな、と思いますが」

「いまからだと、部下どもに連絡する方法はないな」

スカールは低くつぶやいた。

「もし万一、そのまま、大勢部下のいるような邸に幽閉されてしまうようなことになると、部下どもは、俺たちがどのようになったのか、まったく知るすべがなくなってしまうことになる」

「いずれにせよ、私も知り人を捜しているので毎日出歩くことになる、とは云うつもりですから」

ヨナは考えこみながら、さいごの冷えた茶を茶碗についで、それを飲み干すと、さいごの数滴を大地に垂らしてミロクの名をとなえ、そっと素焼きの茶碗を伏せて土の上においた。スカールの茶碗もとって同じようにする。

「すべてのものはこのようにしてミロクの恵みにより、大地にかえるのです」

唱えるようにいうと、ヨナは寒そうにマントをひきよせた。

「確かにでも、この川べりで一夜を過ごすのは無理かもしれませんね。だいぶん、寒くなってきたようです。エルシュさまのおからだのためにも、たとえワナだろうが何だろうが、屋根とあたたかい寝床のある場所は必要ですよ。——それに、もしかしたら、私は、これを待っていたのかもしれない、と思うのです」

「これ、というのは、いまの男のことか」

「そうです。あちらから何か仕掛けてこないかぎりは、いずれにもせよ私たちにはどうしようもありませんからね。——でもこうして、あちらから声をかけてきたからには、あれが敵であれ味方であれ、なんらかの展開は必ず出てきますよ。だから、ここに座っていたのは、まさしく私にとってはミロクのお声を待っていたようなものです」

「ウーム。お前はそのように考えるのだな。そういうところは、戦士よりもむしろ勇敢なくらいなのだが」

スカールは低く笑った。

「よかろう。お前がそのように云うのなら、俺とても戦士だ。お前にうしろを見せるつもりはない。イオ・ハイオンの家にゆこう。たとえそれがワナであっても、なんとか切り抜ければいいだけの話だろう」

「それに、たとえどれだけヤガが変わってしまっていたとしても、やはりおおもとはミロク教徒の中心となる聖地です。そこで暗殺とか、拷問とか——血なまぐさいおこないが日常茶飯になって、それこそユラニアやクムのような国情に変貌してしまっている、というところまでは、なかなかゆかないのではないかと私は思っているのですが」

ヨナは云った。

「そうなってしまえばもう、ヤガのミロク教徒の町としての特色はほとんど薄れてしまいますし、そうなればヤガに巡礼たちが集まってくる理由もなくなってきます。つまりは、ヤガそのもの、ミロク教団そのものが崩壊してしまいかねませんから——たぶんそういうことはありえないだろう、と思うのですが……」

「まあいい」

スカールはこの話を断ち切るかのようにうなづいた。

「もしもお前の身にあやういことがあればこの俺が守ってやる。それについては心配するな。これまでのところ、あのお前が本当は騎士なのではないかといった大巡礼団にせよ、気配だけからみると俺としては、それほど気になるほどの殺気を感じることはなかった。普通の連中が少しばかり鍛えられた、とかいうだけのことなら、俺ひとりで百人くらいは切り伏せられる。心配はいらぬ」

「それはまた――しかし、いまは、エルシュさまは、剣も持っておいでになりませぬし……」

「それは相手も同じ条件だろう。もし逆に相手が持っているのなら、それを奪いとればいいのだ。心配するな。何も案ずることはない」

「私は、自分自身の身の安全を案じているというわけではないのですが……ああ」

そこに、イオ・ハイオンのすがたが、かなり夕闇が落ちてきた川縁に近づいてきたので、二人は黙って立ち上がった。

「お待たせしてしまいましたか」

イオ・ハイオンは云って、両手を胸の前であわせた。うしろに小さな、さほど華美ではないがきれいに塗り上げられた、ちょっと見には婦人用のようにさえ見える瀟洒な白い馬車が夕闇のなかに浮かび上がっている。一頭だての、小さな馬車で、御するのはイオ自身なのだろう。

「さあ、お乗り下さい。ここから私の家までは、半ザンばかりでつきます」

すすめられて、二人はその小さな一頭だての馬車に乗った。やはり、手綱をとるのはイオ自身であった。毎日使っているのだろう。たくみでよく馴れた手綱さばきだ。ごく小さな普通の馬車に見えたが、車輪もいいものを使ってあるので振動が少ないし、小さなさしかけ屋根のついた座席のクッションもとてもいいもので、金がかかっている贅沢な馬車であることはすぐにわかった。

イオは悠然と、しだいに暗くなってゆくヤガの町並みを、小さな白い馬車を御してゆく。ミロク神殿に続く大通りのあたりには同じような小さな、いろいろな色に塗られた馬車が沢山通っていて、ここではこの小さなせいぜい御者のほかには二人乗りの馬車が主な交通機関になっていることが察せられた。大通りといったところで、何台もの巨大な馬車がすれ違えるほど、それほど広い通りではないから、このくらいのものがちょうどいいのだろう。このメイン・ストリートには、大きな荷車などは入ってこないしきたりになっているようでほとんど見あたらない。たぶんそれはそれ専用の裏通りのもっと汚くて頑丈な通りがあるのだろう。

ミロク神殿には、その輪郭を浮かびあがらせるようなかたちで松明とランプとがつけられ、そして階段のところには灯明がずらりとつけられていて、そのおかげでミロク大神殿そのものが、光の線で描き出されたようにくっきりと暗いヤガの夜のなかに目立っていた。まだ、このように日が落ちてからでも、到着してとにかくミロク大神殿に参詣しよう、というものが多いのだろう。そこにいたる大きな参道も両側にずらりと長い柄のついた街灯がともされているので、どこからどこまで光で作られた神殿のようになっている。その光で照らし出される白っぽい石づくりの神殿は、質素な作りといえば質素な作りだが、逆にその、パロの建物のようにかざりけのない真四角な簡素さが、ある種の威圧感をきわだたせている。

パロでは建物には、前庭に円柱が立ち並び、それが支えている優雅な車寄せの屋根があり、その屋根の端にはさまざまな精緻な彫刻がほどこされて、建物はすべてとても優雅な王朝様式になっているが、ヤガの様式はまるでそのパロのものにことごとく反対するかのように、真四角で、大きな建物は、四方につけられているかなり急な階段をのぼってゆくと四角い大きな玄関を入れるようになっているだけの、窓もあまり多くない暗そうなものだ。その分、その素材である石を白っぽくしたり、白大理石にして、多少は明るさを出そうとしてはいるようだが、やはり石であるから、冷たい感じはまぬかれない。

ミロク大神殿にむかう大通りの手前でイオの馬車は左に曲がり、そうしてどんどんどんどは細くなってゆく通りを南へと下ってゆくようすだった。ヤガラ川の川面が、交差する通りを通るたびごとにきらりと暗く光って見える。この通りの一筋向こうがヤガラ川と平行している、という感じなのだろう。

大神殿通りをはなれると、通りは細くなり、その分いくらか生活くさくなって、人間たちが現実に生活している都市らしくなってきた。だが、そこにもやはり巡礼たちの黒いすがたがたくさん歩いているので、全体を暗くしている。それに大神殿通りと違って、このあたりの裏通りにはあかりがかなり乏しいので、もっと遅くなって、店々が戸をしめてしまったら、通りそのものが相当に暗くなってしまいそうだ。だが、人通りもそのころには絶えてしまっているのだろうか。

イオの白い馬車はかつかつと軽快にその暗い裏通りを進んでゆく。ところどころに、四方に階段をそなえた真四角の大きな建物が、必ず交差点の角っこに建っていて、それそれは明らかに小さなミロク神殿、ないし集会所、といったものであるようだった。その前にひとがむらがっているものもあれば、また、その入口の前のところに、やってくる信徒を待つかのようにして、黒いフードつきマントは同じだがそのへりに白いラインが入り、白いサッシュベルトをしめて大きな《ミロクの十字架》を首からかけた、一見してミロクの神官だとわかるものが立ちつくしている建物もある。そのように、小さな神殿や集会所、祈禱所が多い、というのも、ヨナには予想していなかったことだった。そもそも、古いミロクの教えでは、「ミロクのために祈る特別な建物や、ミロクのみことばを伝えて権力を得る僧侶、神官、祭司などに力を与えることなかれ」というれっきとした、神殿の建設、神官や僧侶の階層を設定することを禁じる項目があったはずだからだ。

だが、明らかに、その白い線の入ったマントを着たものは神官の階層であるようだったし、見慣れてくると、そういうマントをつけたものがずいぶん大勢町をうろついていること、そしてその線の数だの、太さだのも、それぞれに違うので、どうやら、知っていればそれを見てその相手がどのような偉さの神官であるのかがすぐわかるらしいこと、などが、ヨナにも察せられた。

(なんだか、本当に――いまのミロク教はもう、私の知っていたのとは違う宗教のようになってしまったのだな……)

いくぶん憮然としながら、ヨナははじめて通り過ぎるヤガの町を、イオ・ハイオンの馬車に揺られて過ぎていった。

スカールにはむろん、ヤガやミロク教に対して思い入れも知識もないぶん、ヨナの感じるそのようなとまどいや感傷や驚愕を感じる理由もない。スカールはむっつりとフードをおろしたまま、じっとあたりのようすを観察している。

イオ・ハイオンは確かにこのあたりの名士であるようだった。南ヤガラ通りであるらしいあたりにさしかかると、あちこちから、丁寧に頭をさげたり、遠くからその白い馬車をみて合掌するものがいたりしたからだ。

その通りは、明らかにやはり大店や富裕な階層の大きな家々が立ち並ぶもので、これまで通り過ぎてきた裏通りのみすぼらしさ、簡素さとはずいぶん違っていた。同じであるとしたら、ヤガに特有の異常なまでのその町の清潔さ、ゴミひとつ塵ひとつ落ちていない清浄さだけだったかもしれない。まるで、イオが、裏通りのみすぼらしさと比較してこの通りがいかに富裕で綺麗で豪華であるかを見せつけたさにあのひっそりとした裏通りを通ったかのようだった。

この通りに入ると、建物のかたち、様式は同じように四角で殺風景だったが、建物のまわりにはまた、ミロク大神殿と同じようにぎっしりと灯明や街灯、それにランプがつけられていて、通り全体が明るく、そしてゆたかそうだった。大きな布商人だの、穀物を売る店だの、石屋だの、馬車や馬をあきなう店までもがずらりと並んでいて、いかにもこれがヤガの目抜き通り、ということを明らかにしているようだ。イオはその通りの路地のひとつに曲がりこんで裏側に入っていったが、その角にあるのは明るい光にみちた大きな店で、そこには「薬・ミロクの書・よろず薬種屋」と書いた看板が出ていて、どうやらそれがイオ・ハイオンの店のようだった。

イオは馬車を裏手にまわすと、細いが清潔な裏通りで馬車をとめた。

「さあ、お入り下さい。その階段をあがって下さい。これが私の家です。粗末ではございますが」

イオのことばは、冗談か、度の過ぎた謙遜としか思われなかった。それは、ミロクの神殿ほどもある、大きな立派な真四角な白い大理石で作られた家だったからである。

3

「ふむ……」

スカールは、あてがわれた、天井の高い、質素で簡素だがきちんといろいろな調度の揃っている、寝台の二つ壁の両側にくっつけて置かれている室をじろじろと上から下まで見回した。

イオ・ハイオンの家は、巨大で、一見いかにも清潔で豪奢ではあったが、中に入ってみると、やはりそれはミロク教徒の家であった。作りそのものは立派で、堅牢であったが、調度などはすべて簡素であり、そして廊下のつきあたりにミロクが人々に教えさとしている絵だの、またミロクの降誕を人々が喜び迎えている絵だの、ヨナがすでに「ミロクの書」でいろいろなパターンで馴染んでいるような絵が飾られていた。ほかの飾りものはほとんどなかった——花をいけたり、人形を飾ったり、あるいはまた必要以上に華美な調度品を飾ることは、ミロクの——もはやそれは「もとの」ミロクの教え、といわねばならなかったのかもしれないが、基本的にヨナの学んで心をよせてきたミロクの教えでは、褒められたことではない、とされていたのである。すっきりとして、必要なものが揃っていれば、ひとが暮らすにはそれで十分であり、それよりも重大なことは、清潔とそして誠実である、ということが、ミロクの教えであった。

（だが……それももう、いまでは、どう変貌しているかわかったものではないが……）

ヨナはまだ、目のあたりにしたヤガのようすが次々と、おのれのこれまで知ってきたミロク教のかたちをくつがえしてゆくようにしか思われないことに衝撃を受けていたが、それをなるべくおもてには出さないように気を付けていた。ましてや、ずっとヤガで暮らしてきたのだろうと思われる商人のイオ・ハイオンに、おのれの本当のヤガに対して抱いた気持を知られるつもりはまったくなかったのだ。イオが本当にただ純粋な、もともとのミロク教徒ならば当然とされるであろう親切と《はらから》へのよくしてやろうという気持だけから彼らを拾ってくれたのかどうかも、まだまったくわからなかった。

イオが前半分が商店になっているおのれの家に戻ってゆくと、かなり大勢の使用人が出てきて、両手を胸に合掌し、口々に主人の帰宅をねぎらうことばをかけた。それへイオはヨナと『エルシュ』と名乗るスカールを「今日からうちの客人だ。同じはらからとして、何もお困りのことがないように、よく面倒をみて差し上げるように」といちいち二人を紹介してくれた。

「さて、この部屋でお気に召していただけたなら、さきほど申し上げたとおり半年でも一年でも滞在していただいて、私はちっともかまいませんが——さきほど、川べりで召し上がっていたものだけでは、おそらく夕食にはとても足りはいたしますまいな？　いかにつつましく質素なミロク教徒といえど、あの野菜焼きひとつでは、とうていお八つにも足りないのではないかと愚考いたします。これから半ザンばかりすると、うちのものたちが食事をいたしますから、食堂で御一緒に召し上がって下さい。それとも、今日のところはお疲れで、ほかのものと顔をあわせたくない、というお気持でしたら、お部屋のほうへ運ばせますが、うちではとりあえず、ここで暮らしているいろいろなものたちがみな、一日に三回の食事の時間にだけは食堂で顔をあわせるようになっておりますので、もし今日のところはお疲れとしても、そののちからは、皆と一緒にやっていただければ、私も助かります」

「それはもう、もちろんのことです」

ヨナはあわてて返事をした。

「云うまでもありません。私どもは、宿屋に泊まったのでも、イオどのの知己を得て賓客として迎えられたのでもなく、ひたすらミロクのはらからとして、そのお慈悲にあずかっているのですから。もちろん、食堂にうかがいたいと思います——何か、板木のようなもので知らせはあるのですか」

「鐘を鳴らします。よそとまぎれぬよう、小さな音ですが」

イオは室内に入ると、フードつきマントをとって、その温厚ないかにも商人らしい顔を明らかにしていた。

そうして明るいところでみると、イオ・ハイオンはおそらく年のころなら四十五、六歳、もうずいぶんと商人としては経験をかさね、またミロク教徒としてもいろいろとミロクにつくしてきた年頃ではないか、と思われた。なかなか整った容貌で、額に、ことに熱心なミロク教徒が用いる『ミロクの輪』をはめ、短い髪の毛は上のほうがいささか薄くなっているが、それはむしろイオの貫禄を増すのに手伝っている。飽食をいさめるミロク教徒にふさわしく、その年齢になっても少しの余分な肉もついていなかったし、動きもきびきびしていて、そのきびきびした動きと、いつも口辺に浮かべているおだやかな微笑とが、一種独特の対照をなしている――といった感じの人物であった。一見したところで、いかにも『人物』である、というように見えた。

「この家には、よく、ミロクの神官様たちがお見え下さいましてね」

自慢するともなく、イオは云った。

「拙宅の粗末な食事をともにして下さいます。今夜ももしかすると若い僧のかたや見習いの神官がどなたか御一緒しているかもしれません。うちの食卓では、ミロクさまのみ教えを守り、『食事どきに、食卓についたものはすべてミロクの名における私の兄弟である』ということをかたく信じているのですよ。ですから、そのときそのときで、そこにいるのが家の使用人やら、家族やらまったく知らぬ巡礼のおかたやら、『あの人は誰だろう？』と思っていて、互いに家族は、別の家族が知っているだろうと思ってそのままにしていたり、使用人たちは使用人たちで、今日のお二人のようにあるじのお客人だろうと思っていたり、またようちにくる食客は自分と同じようなものだろうと考えていて、さいごに結局、誰だったのかとうとうわからずじまい、などということもままありますよ。——すべてはミロクのおぼしめし、という私の考えにそってのことですが。したがって、この家には、また、夜になってもカギはかかりません。お出入りは自由ですが、ミロクのみ心に従って行動してさえいただければ何をどうされようと、私はかまいません。ただ、あまり大声をあげて家人の目をさまさせたりしなければですね。——ああ、それから」

なんでもないように、イオは付け加えた。

「ひとつだけ、お願いしておきたいことがございますが、この家のなかは、どこでもお使いになりたいところをお使いになりたいようにされてかまいませんが、ただひとつ、二階の階段をあがって左側の突き当たりの一室があるのですが、そこだけは、近づかないでいただけませんか。——というのは、そこには、私の曾祖母がもう、何年になるのでしょうか——もうかれこれ二十年にはなるのではないでしょうか、ずっと寝たきりでいるのです。なにしろごらんのとおりの年齢の私の曾祖母だ、というのですから、もう百歳をこしています。もっとずっと早くに亡くなるものと誰もが思っていたのですが、寝付いてしまってからもう二十年、家人の面倒見がいいゆえか、ミロクさまのなんらかのみ教えなのかどうか、かなり衰弱はしておりますが、ずっと生きております。——誰もがもう、本当は何歳になるのか忘れてしまったくらいです。耳も遠くなりましたし、目はもう寝付いたころからほとんど見えなかったのですが、最近ではまったく見えなくなり、からだも思うように動きません。孫娘——ということは私の叔母のミリアムというのが、たまたまひとり身でこの家をずっと手伝っているものですから、それがいまは曾祖母の看病役を一手に引き受けて、おのれではもうものも食べられない曾祖母にさじでひと口づつ柔らかいものを食べさせ、しもの始末をしてやり、手をさすってやったりしているので、その慈愛で曾祖母は生きながらえているのかもしれません。ただ、そのような年齢ですから、もうまったく新しい事柄は理解いたしませんし、この家に客人がきたことも、それがどのようなかたかということも見たり聞いたり理解したり出来ませぬ。それゆえ、音をたてたり、近づいたり声をかけたりしたら、ミリアム以外のものがそばにきたとひどく怯えてしまうでしょう。なにせもう百歳をこえているのですから。——ですから、その曾祖母の寝ている室だけは、その前に大きな衝立てがたてまわして区切ってあるからすぐわかりますし、その前に大きなバケツが出ていたりしますからいっそうわかりやすいと思います。その室だけは、近づかないでやっていただければ、曾祖母も安心すると思うのですよ」

「それはもう、おっしゃられるまでもありません。行くなといわれたところには近づきませんし、しろといわれたことは、台所の豆むきのお手伝いでも便所の掃除でもすすんでいたします」

ヨナはいかにも忠実なミロク教徒らしく答えた。

「なにしろこのようにして、ただミロクのはらからである、という理由だけで、こうして泊めていただけるのですから。もしイオどののお慈悲がなかったならば、我々二人はあの寒い川べりで一夜をあかさなくてはならなかったでしょうし、そののちも宿が見つかったかどうかわかりません。まもなくミロク大祭が開かれる、ということで、市内に宿は払底していると宿案内所の主人にいわれましたので、途方にくれていたところです。――明日になったら、私もまた、あちこちまわって、泊めてくれる宿屋を探してはみますが、それが見つかるまで、しばしお泊め下さるなら、なんでもおっしゃるとおりに働いてお手伝いをし、ミロクへの恩義をかえすようにしたいと思っております」

「あなたは、弁のたつかただ、ヨナどの」

感心したように、イオ・ハイオンが云った。

「アムブラで教師をしていたと云われましたか？　それにしても、きわめて教養のあるかたに、私には思われる。ただのあたりまえの巡礼を拾った、いつものようにほどこしをしたと思っていたのですが、もしかしたらこれはミロクさまの重大なお導きであったのかもしれない。――何にせよ、まもなく夕食になります。鐘が鳴ったら、一階の突き当たりの食堂におこし下さい。かなり大きな部屋ですから、お間違いにはならないと思います。そのときには、巡礼のマントは、つけるもとるも、お心のままに」

「有難うございます。ミロクさまのお恵みが、イオどのの親切に報いてくださいますように」

ヨナはまた合掌して、きちんと決まりの礼をのべた。スカールも手をあわせてもごもごと云う。

イオはにっこりと笑ってうなづいた。

「では、のちほど。そのときに家のものたちを御紹介いたしましょう。といっても、どれが家のもので、どれがそうでないかわからぬくらい、いつもいつも、いろいろな客人がこの家には泊まっているのでございますが。巡礼のかたもほかにあと三、四人も泊まっておられるのですよ。そのかたたちは自分たちで炊事をするとおっしゃって、中庭で煮炊きをされているのですが。ミロク教といっても多少特殊な傾向といいますか、そういう地方特有の信仰を持っておられるかたたちで、自分で煮炊きした以外のものは食べてはならぬ、という教えがあるのだそうなのです。これは、どうやら、カラキタイからおいでになったかたたちらしいのですけれども」

「カラキタイ。それはあの、キタイに近いあそこですか。それはまた、なんとも遠いところからわざわざヤガへおいでになったとはご奇特な信仰心です」

「いやいや、はるかダネインと草原地方を渡って、遠いパロからこられたおふたかたの信仰心もまた、それにまさるとも劣りませんよ」

あくまでひとをそらさぬ態度で、イオが云った。

「それでは、何かご不足なものがあったらあとでおっしゃって下さい。うちで揃えられるものならなんでもご用意させましょう。それでは食事までのひとときを、ごゆっくり」

すべてのことばが、まるで水が流れるようによどみなくなめらかである。

あまりになめらかで、そして流暢であるので、かえって、すべてが仕組まれていたことではないか、と心配になってしまうほどにつるつると人をそらさぬ態度で挨拶すると、さいごにまた合掌をして、イオ・ハイオンは室から出ていった。

「………」

「………」

ようやくフードをとったスカールとヨナとは、思わずなんとなく目を見合わせる。

口をひらこうとしたヨナを、かるく手をあげて制したスカールは、立ち上がって、室内のあちこちを、かるくこんこんと、握った拳の先端で叩いてまわった。それから、壁に耳をつけてみたり、床の、手編みふうの敷物をめくりあげてその下を見たり、細い鉄の格子がはまっている張り出し窓の内側の、薄い水晶の窓をあけて外のようすを見たりした。

(気に食わんな)

ヨナの耳に口をよせて、そっとささやく。

「この窓にこうして鉄の格子がはまっているのは、夜中もカギをかけずに眠るほどひとを信用しているミロク教徒としてどういうことなのだ。ここに格子があれば、窓から逃げたり、あるいは窓から入ってくることは出来ぬ。この室は出入り口はドアひとつだけで、そのさきは廊下、そのさきは一本だけの階段にみなあちこちの部屋から集まってくるようになっている。そして一本だけの階段のさきは玄関に通じていて――むろんどこかに裏階段などもあるのかもしれぬが、これまで案内された限りでは、玄関を公明正大にみなに見られながら通るのでなくては、この家に出入りすることなど、まったく出来ないということになるぞ。――ミロク教徒というのは、そんなふうにして用心するものなのか。この鉄格子は何のためだ」

「それは私にもわかりません。しかし、どうやらこのあたりの大通りの大店や大きな家では、みな、窓にはさまざまなしゃれた柄につくろってはありますが、鉄格子が嵌っていますね。それは、ここにくるまでのあいだに見ておきました」

「俺も見た」

スカールはしぶい顔をして云い、それからベッドにゆっくりと腰をかけたが、腰をおろす前に布団をめくりあげて、その下を点検するのを忘れなかった。

「お前もさすがに目が早いな。だが、あのさいごのひとことが気になる――ミロクの重大なお導き、というのは何を云いたいのだ」

「それは私にもわかりませんが――しッ！」

ヨナが制するまでもなかった。スカールはすばやくマントのフードを持ち上げて、ベッドの上に、疲れ果てたようすをつくろって座っていた。突然何の前触れもなく、ひとつだけのドアが開いたのだ。

するりとすべりこんできたものをみて、ヨナはなんとなくどきりとした。それはまだ十三、四にしかならぬかと思われる、小姓なのかと思われる少年で、きわめてほっそりとし、髪の毛を短く切って、そして巡礼のフードつきマントを着てフードをうしろにおろして顔をあらわにしていた。その顔は、はっとするほど端麗で白かった。

「あなた達が、イオ大人《たいじん》がヤガラ川のほとりで拾ってきたという巡礼？」

少年はささやくように云った。うしろ手にドアをしめ、そのほっそりしたきゃしゃなからだでドアをおさえつけて、あかぬように、ほかのものが入ってこられぬようにしているかに見えた。そのよく整った顔は何か切迫した表情を湛えて見えた。

「悪いことは云いません。今夜一夜はしかたがない。もう、いまのヤガはどこにも宿がないのですから。でも、明日の朝になったら、なんとかして、どうしてでも宿を探して、宿が見つかったからといって、この家から出発なさい。そうしないと、出発出来なくなってしまいます」

「なんですって」

ヨナはすばやく両手をあわせてみせながら、相手に近づいた。

「それはわれわれのために忠告してくださっているのですか？　あんなに親切にしてくださっているイオどのが、何かそのような——悪いたくらみを持っていると云われる？」

「悪いたくらみ、といっていいのかどうかわかりません。ただ、私は——」

少年は、ひどく困惑したような表情になってくちびるをかみしめた。そのくちびるはピンク色で、少女のようにふっくらとしていた。

「私は、父の小さな巡礼団とともにここにきたのです。そうして、やはり、宿がなくて、イオ大人に拾っていただきました。——そのあと、ずっとイオ大人に云われるままにいろいろとお手伝いをして……誤解のないよう云っておかなくてはなりませんが、大変よくしていただいています。三度の食事も申し分ありませんし、イオ大人はこのあたりでも名高い篤志家で、ミロクのみ教えにもっともかなう人物、という栄誉ある称号を、この十年に九回ももらわれている大信仰家のひとりです。ただ——父は出発したがっているのですが、どういうわけか、イオ大人が、まだ出発してはいけないといわれるのです——私は、まだ子供なので、そうした大人の決定に口をはさんではいけないと云われるのですが、イオ大人が私たちに納得のゆく説明をしてくださってないのは確かなことです。私は父の口からしか聞くことが出来ません——ただ、ほかの客人たちも、ここにきた人は誰も出発しない——この家はとても大きく、いくつでも部屋があるので、何人でも泊まれるから、ミロクの慈悲をおこなうのにもってこいだとイオ大人は云われます。——もしかして、あまりにこの家が居心地がよいので、誰も出発したくなってしまうのかもしれません。そういう家は、このヤガには何軒もあって、それらはみな『ミロクの兄弟の家』と呼ばれています。そこはみな、宿を経営している人たちではなく、イオ大人のような信仰あつい金持ちの人々が個人的にやっている慈善としてそうなっているのです。そこに拾われた人々が——どこの『ミロクの兄弟の家』に拾われても、やはり出発しなくなってしまうのかどうかは、僕にはわかりません。でも、ひとつだけ確かなのは、父は出発したがっている、ということです、でも、それをイオさまに知られるのはとてもいやがっている、ということです。イオさまに知られたとき、どうなるのかも、子供の僕にはわかりません。でも……」

「お前は、なんという名だ？　父親はなんという？」

スカールが低い声でいった。少年は飛び上がるようにしてスカールを見た。

「ぼ、僕ですか？　僕は……エルランといいます。父は巡礼のエルムといいます。僕はテッサラから、わずか十人の小さな巡礼団でヤガにやってきました。そのときには十人でしたが、四人、ヤガにつくまでに、追い剝ぎに襲われて死んでしまった人がいたり、病気にかかって途中の宿においていかなくてはならなくなったものがいたりして、いまは六人です。——僕はその、途中の宿においていった人たちもとても心配なのです。なかの二人は僕の兄と姉だったのですから。ミロクの宿は病気のものにはとても親切にしてくれますし、からだがよくなったら、少し宿への礼のために働いてくれれば、それでヤガへまた巡礼に出してやるといわれたので、それを信じて父と母と祖父はかれらを残していったのですが、それきり音沙汰はありません。そのことも、本当は母などはとても心配していると思います。僕も——僕も心配です。僕はヤガにたどりついたとき、僕自身も重い病気でした。兄と姉をおそったのと同じ病気で、本当は僕もおいてゆかれるところだったのですが、まだ小さすぎる、というので、母が頼み込んでなんとか僕を連れてヤガへ一緒にこさせてくれたのです。——でも、それがもうずいぶん昔のことになります……」

「いったい、何年前から、ヤガにいるのだ、お前は」

鋭くスカールが囁いた。エルランはうなづいた。

「きいたらびっくりなさいますでしょう。もう、僕たちはヤガにきて八年になります。八年間、僕の父はヤガ巡礼の目的はもう達したのだから、ヤガから出発しようとしつづけているのですが、どういうわけか大人に反対されて、それが出来ずにいます。また、連絡をとって、子供たちを置いてきた途中の宿屋に、子供たちの無事かどうかを確かめることも出来ないのです。どうして出来ないのだかわかりませんが、出来ないのです。――この都は不思議なところです。どうしてかわからないけれどもそうしなくてはならないこと、というのが沢山あって、それに――」

「エルラン、どこにいるのだ？　エルラン」

廊下から、声がした。エルランははっと身を固くして、ドアをあけた。

そこに、イオ・ハイオンが悠然と立っていた。そのおもてはおだやかで、少しも血相ひとつかわってもおらず、何も変わったことはおこってない、としか見えなかった。

「このようなところにいたのか。エルラン、下でムルサおばさんがお前のことを捜していたよ。早くいって手伝ってあげなさい。また、豆の皮むきがどうしても間に合うように終わらなかった、といって頭をかかえていられたから」

「は、はい。わかりました。いますぐ参ります。すみません、イオ大人」

エルランは両手を組み合わせてかるく膝をついた。その礼が、ちょっとヨナの目をひいた――それは、ずいぶんとキタイふうなしぐさに思われたが、ヨナの知っている、ミロク教の挨拶の動作のなかにあるものとは、なんとなく異質な感じがしたからだ。それは、まるで、キタイの宮廷のお小姓の動作のように見えた。

「お前は幼いから、新しいお客人に好奇心をもやすのは無理もないが、あとでお食事のときに、ちゃんと紹介してあげるのだから、いまは皆さんをあれこれうるさくわずらわせるものではないよ」

きわめておだやかな口調でイォが云った。だが、エルランは真っ青になった。

「申し訳ございません、イォ大人。いますぐ台所に参ります」

丁重にもう一度、頭をさげるなり、エルランは、走り出しこそしなかったが、いまにもそうしそうな勢いで室から出ていった。

「どうも、小さな小すずめが迷い込んできて、あらぬ御迷惑をおかけいたしました」

イォがかすかに口元をほころばせた。

「ちょうど好奇心のもっとも強いさかりです。――どうしても、新しいお客が到着した、ときいて、その御様子を見たかったのだと思います。どうも失礼いたしました」

「いや、何も――私たちは何もあの子に迷惑をかけられては、おりませんですよ」

ヨナがいくぶん、かれにしては鋭い声で云った。イォはヨナを見た。ヨナはだが、それをはぐらかすようににこりと微笑んでみせた。

「どうぞ、あの子に何もお仕置きなど、ございませんように。あの子はただ、私どもがどこからきたか、どのようなものたちなのかを知りたかっただけなのだろうと思います」

「私もそう思いますよ、ヨナ先生」

イオ大人がさりげなく云った。ヨナはまたイオを見た。こんどは、イオがはぐらかすように微笑した。

「もちろんお仕置きなどされっこありません。ミロクの子供たちはみな、どこの子供もミロクさまの子供です。私たちおとなは、それをすべて、正しく導いて、光の道に迷わぬようにしてやる義務を持っている——それだけのことだと思いますよ。ええ、私はそう思います。ところで、そろそろお食事が出来ますよ。下まで御一緒いたしましょうか。私がご案内いたしますよ」

4

その、翌日であった。

ヨナはスカールと手分けして、なんとか泊まれる宿を確保しようとミロク大神殿の周辺の宿を片っ端からあたるために、早朝からイオ・ハイオンの館を出かけた。むろんのこと、それを引き留めるものはひとりもいなかった。

昨夜の夕食も、簡素ではあったがゆきとどいた、量も質もたっぷりとしたものであったし、それは野菜焼き一枚だけではとうてい足りそうもないスカールだけでなく、このところずっと旅の空であたたかいものにありつく機会が少なかったヨナにとっても嬉しい「家庭の味わい」にみちたもてなしであった。ことにたっぷりとした野菜スープ――それにガティの薄焼きパンをちぎってひたして食べる、ヤガ周辺の名物料理だという説明がついた――はとてもからだがあたたまるものであった。好きなものはそこに辛いト《ャ》ウガラシ《ク》の実をちぎって浮かして食べる。

食堂は広く、天井が高く、立派で真新しかった。三方の壁には、いずれも、聖なるミロクの「聖なる場面」としてミロク教徒に知られているいくつかの場面が描かれている。ヨナたちを驚かせたのは、ともに食事をするものたちの人数の思った以上の多さであった。これだけの大店ではあるし、イオの話から、多数の食客がいるらしいことも予想していたし、また、エルランのことばからも、エルランの一家のような、半強制的にこの邸にとどまらされている客人、というようなものもだいぶんいるのだろうと思っていたのだが、実際にイオに案内されて食堂に入っていってみると、二室ぶちぬきの天井の高い、広い食堂には、それぞれのつきあたりの壁の前に細長い台をおいて、そこに白い前掛けと口覆いをした給仕のおばさんのような女性が何人かいて、野菜スープを椀によそってくれたり、それを受け取ったついでに皿の上にその台に並んでいる料理を確保してどこかの席につくような仕組みになっていたが、その食べ物の量はそれこそ百人でもまかなえそうだった。

それだけではなく、ひとつひとつの丸いテーブルの上にも、それぞれに何種類かの前菜や副菜をのせた皿が丸く並べられてまんなかにおいてあり、さらにそのまんなかに、大きな銅製の水さしと、そのまわりにカップが並べられていて、水の飲みたいものはそこからそれぞれに好きに注げるようになっていた。料理をのせた台のはじっこには、また、茶だの、カラム水だのといった、もうちょっと嗜好品がかった飲み物も並んでいたのである。

前菜も副菜も、主として野菜を使ったものばかりではあったが、どれも味濃くたくみに調理されていて、主菜として用意されている野菜スープにガティの薄焼きをひたしたものや、そのガティの薄焼きそのものにもよくあった。馴れたものは皿の上にその薄焼きをとり、テーブルの上の副菜や、台からとってきた干し魚の料理などを、薄焼きで巻いてうまそうに食っているのであった。

もうひと品、巨大な寸胴鍋のなかに用意されていたのは、ガティ麦と米をまぜて炊いた粥であった。どろどろとした、ほとんどスープのようなその粥もヤガ名物で、「ミロク粥」と呼ばれているのだ、ということは、ヨナはもうすでに知っていた。これまでの宿でも、ヤガが近くなってくるとそれが出されたし、クリスタルでもミロク教徒の家でそれを出すところがあったのである。それにもまた、副菜や前菜、それに辛いくせのあるガリガリの実を刻んで漬け込んだものなどをふんだんに入れて、具だくさんにして食べるのがミロク教徒の普段の食事であった。そこにガティの薄焼きを入れてもこれもまたよくあった。

肉はなかったが、卵や魚の料理はいくつかひかえめに出されていた。しかし、そんなものに無理に手をのばさなくても十分なくらい、野菜と穀物の料理が充実していたので、それこそ百人の腹をへらしきった食客をも満足させるに足りただろう。

だが、その室には、もしかしたら、百人では足りないほどの人数がいた。実際にはその室の収容人数は八十人から九十人くらいだっただろうが、先にきて食べ終わった者が皿と長いハシや長い柄のついたスプーンを、室の一画に用意されている巨大な水をいれたバケツのなかにつけて出てゆくと、入れ替わりに、次のものがやってきて、新しく食事をはじめるのだ。その入れ替わりがなかなか途切れないので、ヨナは目をまわした。これでは、おそらく、のべにしての人数は二百人にもなるのではないかと思われた。

それはもう、いうなれば大店というよりは食堂、大食堂くらいの規模の食事であった。ガティの薄焼きを山のように積み上げた盆が、ときたま奥の厨房から運び出されてきて、補充され、粥も野菜スープも、やや小さいが十分にひとが首を突っ込める程度には大きな寸胴鍋であらたに奥から運ばれてきて、給仕のおばさんたちの手で鍋に補給されるのであった。

毎回、これだけの人数にこれだけの食事を食べさせていたら、そのあるじは数日で破産してしまうのではないか、と思われるほどの人数であったが、食堂のなかはきわめて静かで、これだけ大勢の人数ががやがやと食事を楽しんでいる、という雰囲気はまったくなかった。みな、「食事中はミロクに感謝し、ミロクとのみことばをかわすべし」というミロクの箴言に従っていたのだろう。

集まっている人々は実に種々雑多であった。一見して、イオの店の店員らしい、とわかる、黒い前掛けをしたものもいたし、まだ到着して間もない巡礼だろうという、巡礼

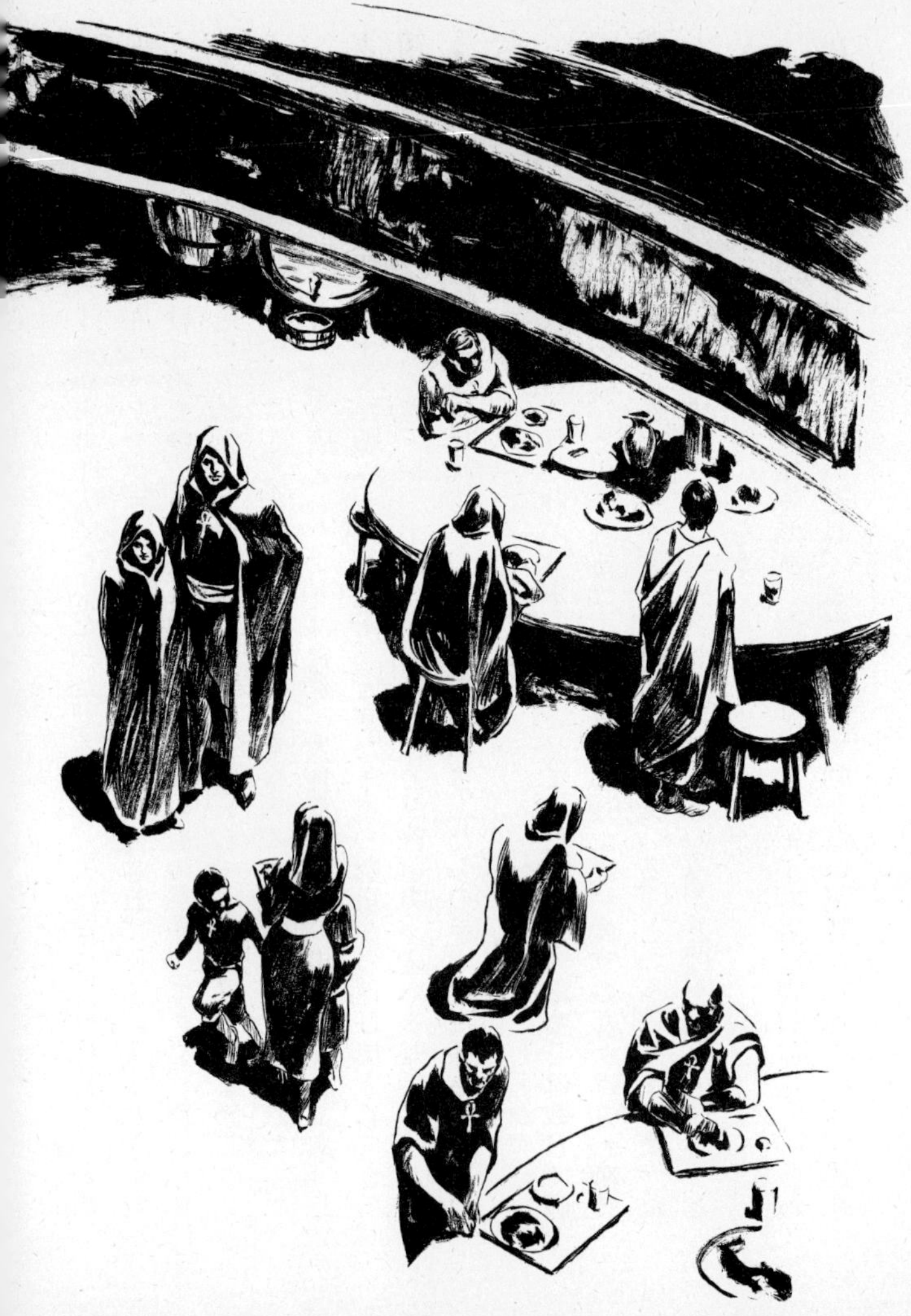

のマントにふかぶかと身をくるんだものもいた——ヨナたちもそのうちであった。また、もう長年ここに住み着いている食客というようすで、ことばこそ出さないもののにこにこと新来のものに挨拶し、同じテーブルについた知り合いには前菜やガリガリの実を取り分けてやったり、水をコップに注いでやったりするものもいた。人種も、年齢も、性差も、すべてが実に種々雑多で、なかには明らかにキタイからきたらしい、と思える目のつりあがった、ちょっとしたことばのはしばしに言語がやや不自由であること——強いキタイなまりが混じったりするものもいたし、南の島からきた黒人種としか思えない、浅黒い肌のものもいた。むろん、いまやミロク教は中原や沿海州のみならず、全世界にひろまりつつあることは、ヨナも聞いていたから、黒人種がヤガに巡礼にきたところで驚くことはなかったが、それにしても、「そこまでひろまっているのか」とひそかに感嘆せずにはいられなかった。

エルランはどこにも見あたらなかった——あるいは、家族ともどももっとあとに食事をすませることにして、いったん室に戻ったのかもしれない。これだけ大勢のいろいろな人々がいると、どれがエルランの家族からなる巡礼団かを見分けることも到底出来なかったし、また、みなと親しくことばをかわすことも出来ないので、聞くこともできなかった。

そのようなわけで、ヨナたちは食事だけすませ、イオ・ハイオンに「本日、あらたに我が家の客人となったかたたちを紹介しよう」というふれこみで、ほかの数人の巡礼といっしょに、食堂のなかに立たされて紹介されたのだが、べつだん皆、とりたててヨナとスカールに関心を持ったとも見えなかった。ただ、みな、礼儀正しく、いかにもミロク教徒らしく合掌して、「ミロクのはらからにみ恵みを」と決まりのことばをとなえただけのことであったからだ。

それに、かれらは、もう、こうして新しい客人が日々増えることに馴れっこになっているように見えた。ひたすら食欲を満たすことだけに専念しているものもいた。食事がおわるととっととおのれの室――か、あるいはほかのどこかへ出ていってしまうものもいた。スカールとヨナが食事を終わって廊下に出ても、声をかけてくるものも特になく、丁重に挨拶してそのまま階段をあがっていってしまうのだ。また、それだけ大勢であっても、そのなかにむろん、ヨナの探しているものらしい人間はまったく見あたらなかったし、ヨナもそう安直にマリエなりフロリー親子なりが見つかるのを期待しているわけではなかった。

そのままその夜は、疲れてもいたので、与えられた室でぐっすりと朝まで夢もみずに眠って、朝はまた、食事の時間を告げる鐘の音で起こされ、人々の行列している洗面所でいそいで顔を洗って、きのうの夜の大食堂へいって食事をとった。朝食もまた、「ミロク粥」だったが、これは豆乳で煮たもので栄養たっぷりであった。揚げたガティの薄焼きがそえられていたので、それを粥に加え、ちょっとした野菜料理をとれば、それだけで質素なミロク教徒の朝食には十分すぎるくらいだった。

この朝もまた、大勢のものたちが食事をとっていたが、イオやエルランのすがたは見えなかった。それに、人数もきのうの夜よりは少ないように感じられたのは、おそらく、食事をする時間帯が、朝は、それぞれに働きに出るものや巡礼や食客によって違ったからだろう。

ヨナとスカールは食事をすませ、これまた広くて五十人くらいはいちどきに収容できそうな風呂場で湯浴みをして身を清めると、もとの巡礼のマントを身につけて、町に出ることにした。イオとは顔をあわせることもないままであった。イオの館の裏側の、使用人の出入り口のところに、記帳するための台帳のようなものがあり、出てゆくものたちが、名前と、「どこそこに、何のため」出かけます、ということを書き込んでいるのをみたので、ヨナもスカールもそのとおりにした。むろん目的は「宿探しのため」であった。

正直のところ、それで、まだ朝もかなり早かったので大店の大半が戸をしめたまま、がらんとしている南ヤガラ大通りに出て、イオの館をうしろにして歩き出すと、ヨナもスカールも相当にほっとした気分になったのであった。イオはきちんともてなしてくれていたし、とても親切であることもわかっていたが、しかし、あの館にあっては、二人きりで安心してことばをかわすこともままならなかった——誰がどのように見張りだったり、手先だったりするのか、本当はイオが何を考えているどのような人物なのか、それらがまったく、かれらにはわからないままだったからである。

たいていの大店は、ちょうど店をあけて、豊富な品々を並べ直そうとしているところで、そのあいまをぬうようにして大通りに、大きな荷車がいくつもごろごろと通っていた。それは馬がひいているのもあり、人がひいているのもあり、人がひいてうしろから大勢が押しているのもあった。野菜をのせた荷車もあれば、商品らしい包みをのせたものもあった。いかにもそれは、にぎやかで繁栄している都の早朝らしい風景であった。

「いや、いや、いや、いや、いや」

だが、スカールは、通りに出て、しばらくヨナと一緒にかなりの早足でミロク大神殿をめざして歩いていたが、もう南ヤガラ大通りをはなれて、そのあたりにイオの家にすまっていそうなものがうろついている可能性は少ない、と見たとたんに、ほっとしたようにヨナにささやいた。

「参ったな！　なんだか、俺は、ゆうべは肩が凝って肩が凝って、うまく眠れなんだぞ」

「わたくしもです」

本当は、巡礼たちが道端を歩いているとき、喋りかわすことはないのだが、そこはもう裏通りに入っていて、まだかなり人通りも少なくひっそりしている。少しくらいならかまわないだろうとヨナは頭ひとつ半ほども背の高いスカールに肩をならべた。

「なんだか、妙な晩でしたね」

「妙な晩だし、妙な連中だ！」

スカールは、決して大声を出そうとはせぬかわり、やや吐き捨てるような言い方になった。

「親切にしてくれるし、礼儀正しいのもわかる。だが、どうもその——どうも、なんといったらいいのかな。うさんくさい！」

「はあ——それはまことに……」

ヨナも、その考えにはまったく異論がなかったから、うなづかざるを得なかった。確かに、イオ・ハイオンも、その館の住人たちも、うさんくさい、という点においてはきわめてうさんくさい、といっても誰も反対しなかっただろう。

「なんとなく、大勢でそろっておかしげな芝居でもしているのを見せられているようで、俺は落ち着かなくて、ムズムズして、くしゃみが出そうだった！　それも田舎芝居だな。田舎の道化芝居、というべきか」

「はあ……」

「そもそもミロク教というのはああいうもので、ミロク教徒というのは、ああいうものなのか。だとしたら、なんだかおそろしくウサンな話だぞ。——第一、お前、気が付いていたか」

「は……？」

「あの少年、きのう御注進にやってきたエルランという餓鬼、あれは、女だ！」

「はあっ？」

仰天して、ヨナはスカールを見つめた。

「それは、本当に——？」

「気が付かなかったのか。まだ小さいから胸などもふくらんでおらぬから、気が付かぬのかもしれぬが、俺は女はにおいでわかる。やつは、男の子じゃない、女の子だ。まあ、おそらくは、イオの趣味で男装させられたりしてるわけじゃない、長い巡礼に出るにあたって、女とわかれば危険なことがあるかもしれぬと、親が案じて男の子で通すことにしたのだろうがな。まだ、三、四歳のときに巡礼に出たといっていたから、そのまま男のままで押し通してきたのだろう。声も甲高いがまだ声変わりしていないと言い張ればすむ。それに巡礼のマントをまとっていればからだつきなどはそれほど気にならぬからな。——いや、俺のいいたいのは、そういうことじゃない」

「はあ……」

「あれが男だろうが女だろうが俺は興味はないが、あれが云っていた話はちょっと気になるぞ。お前だってなるから、こうして早くから町に出てきたわけだろう」

「はい、それはまことにそのとおりで……」

「そんなふうに巡礼を引き留めておくなど――」

スカールはちょっと考えこんだ。

それから、あごをなでながらつぶやく。

「あの恐しい数の食客――あのなかで実際のあるじの家族など十人にもなるまいし、店員が相当いたとしてもいいところ三、四十人だろう。ということは、残りの五十人以上がみな、食客ということになる。――冗談ではない。たとえ俺の部の民とはいえ、それだけの人数をああして家のなかでただ養って朝昼晩、質素な食事とはいえ食わせていたら――王国だって成り立たんぞ！」

「それは、まことにそのとおりで……」

「あの子は、そういう家が、ほかにもあるのだといっていたな。ミロクの兄弟の家、といっていたか？ もし、そうやって食客なり巡礼を、十軒の家で五十人づつ確保していてみろ、それだけで五百人だ。百軒の家でなら五千人。大変な数だ」

「ま、まことでございますね……」

「たとえばだぞ」

スカールは、あたりに人がいないのを見定めて、ぐいとヨナのえりもとをつかむようにしてその耳に口をよせた。

「その五千人に、なんらかの方法で催眠術や黒魔術をかけ、いうことを忠実にきくようにしてみろ。あっという間に五千人もの捨て身の軍隊が出来上がってしまうわけだぞ。——そういうことが出来る魔道師がいまこのヤガにいたり、ヤガを仕切っていたとしたら……あの大巡礼団もそうだ。あれが全部、軍勢として動くのだったら、ヤガは、何が不戦の都だ、たいへんな軍事力を持っている、ということになる。俺が心配していたとおりだ」

「それは、まさにそのとおりですが、しかし、まさか……ミロク教徒は基本的には、決して戦わぬ、というのを前提にしておりますし……」

「お前から、ここにくるまでのあいだにずいぶんといろいろな話をきいたが」

スカールは難しい顔をした。

「ここにきてからの俺の見たものは、お前の話から俺の想像していた事柄を裏切るものばかりだった。ここにきて、俺の、ミロク教徒、そしてミロク教、ミロク教団への考え方はずいぶんと違うものになりつつあるぞ」

「それは、わたくしもそうです。というより、わたくしは、長年クリスタルで信じてきたものが次々くつがえされる思いに、相当衝撃を受けています」

「もう、ミロク教はもとのミロク教じゃない。ミロク教団はもとのような素朴なミロク教団ではない——とすればだ」

スカールは目をフードのなかでぎらりと光らせた。

「誰が、それを仕掛け、どういう目的でミロク教団を改造し、仕切っているのか、どうあっても調べる必要がある。——五大師だの超越大師様だの、というのがいる、という話があったな。あれはクロウシュで聞いたことだったな」

「ああ、はい、《ミロクの使徒》とか、《ミロクの騎士》とか……」

「それについて、なんとかうまいこと探りをいれてみたいが、このへんの——もっとミロク大神殿に近いあたりのところで聞いてまわると、なまじ、そうやって探りをいれている連中がいる、という評判になってしまうかもしれんな。その《ミロクの使徒》というやつらは、俺のカンでは、どうやらヤガの町なかに出回ってそういう『反体制分子』を取り締まっている秘密機関の連中ではないか、というような気がする。あの茶店のおやじの口ぶりがあやしかった」

「……」

「そういえばあのおやじが、おのれの親しい、望めば肉を食わせてくれる店、というのをいくつか教えてくれたのだったな？」

「はい、住所を書いたものと、自分の名前を出せば、ということで教えてもらいました」

「そこをたずねてみよう。――ただ、何回か通って、あちらの信用を得るようになるまでは、こちらもうかつに内心を吐露するわけにもゆくまいが。どうも、なかなか厄介な都のようだぞ。ここは」

「さようですね……」

「まずは昼食を、そこの、クロウシュの茶店のおやじに教えてもらった店で食べてみて、さりげなく店のようすを見てみることにしよう。それから、ともかくも宿だな。もしも宿がうまくとれないとすると、ずっとあのイオの館にいなくてはならぬことになる。どうも――あの館は、俺は……あまり長逗留しないほうがよさそうだ、という直感がしてならぬ」

「それは、太――エルシュさまのカンでございますね？」

「ああ、そうだ」

スカールは大きくうなづいた。

「どうも、あの館はただの館じゃない。あの奥には必ず何かがある。といって、下手にそれをうかつに我々二人だけでさぐりにもぐりこむと、逆にこちらが尻尾を出してしまうはめになりそうだ」

「そういえば、エルシュさまは、クロウシュで、『見張られているような気がしてならぬ』といっておいでになりましたね」

そっとあたりを見回しながらヨナは云った。

「まだ、そのような感じはなさいますか？　私はもう、どういうわけか、ヤガに入ってからは、そういう感じはまったくしなくなったのですが……」

「その感覚は正しい。俺にもせぬ。――俺にも、見張られている、という感じはしなくなったし、たえず見られている、という感覚も――ああ、そうだな、イオの館に入ったあたりからなくなってきたようだ。イオの館に落ち着いて、居場所が安定したから、しばらく目をはなしていても大丈夫、と言うことになったのかもしれんが」

「ああ……」

「例の薬をまた使っておいたが、誰も俺の荷物にふれたものもおらず、夜中にこっそり、部屋に忍び入ってきたものもいなかったことは確かだ。それに、食べ物や飲み物に眠り薬をもられたというような感覚もせぬ。――そういう意味では、イオの館に入ってからのほうが、我々はずっと安心になったようだ。ただ、なんだか――落ち着かぬ」

「ともかく、宿を探しましょう」

ヨナとスカールはそのようなわけで、その午後まるまるをかけて、宿屋探しに励んだのだった。

もっともその前に、巡礼としておかしく見えぬよう、なるべくすいている時刻に、ミロク大神殿にまず第一回の参詣に出かけなくてはならなかった。そうするのが、巡礼としては当然のことだったからだ。

非常な威容を誇るミロク大神殿は近づくほどに立派な、簡素だが壮麗な建物で、そして、朝早くから大勢の巡礼が階段の下で平伏してミロクに祈っていた。上からは、僧侶たちの看経《かんぎん》の声らしいものが——少なくともミロクの箴言をいっせいに唱えるか何かしているらしい声がずっとおごそかにひびいている。

昨夜は蠟燭とランプと松明であかりのなかに浮かびあがっていた大神殿だったが、昼間には、沢山の人がそのなかに出入りし、参道もたいそうにぎわっていた。ヨナたちが参詣を終えて宿屋探しに入ろうというころあいには、なおのこと、あとからあとから黒服の巡礼たちがつめかけてきて、さすがに中原第一の信仰の都の中心だ、と思わせるものがあった。

だがヨナたちは、それどころではなかった。とりあえず大神殿周辺の宿屋から当たってみたが、なかなかに満員御礼の店ばかりで、案内屋のいったことはまったく嘘ではなかったことがよくわかった。相当に高い金を払う、とまでいってみても、「しかし、ないものはないですからなあ……」と云われるばかりであった。

ヨナたちは、とりあえずクロウシュの茶店のおやじに教えられた、ひそかに個室で肉を食わせてくれるという『ルーカの店』という食堂にゆき、もらったメモをみせて、個室に案内してもらった。もっとも昼食に出るのは煮込み肉ばかりで、あぶり肉が食べたいのなら、夜来なくては駄目だ、というのが、その店のおやじルーカのことばだった。だがルーカがかれらに親切にしてくれたので、ついでにヨナたちはルーカに頼み、心当たりの宿を聞いてみた。

「ああ、そういうことなら、ちょっとここからははなれるが、東ミロク通りにうちのいとこが宿屋を出してるから、屋根裏になるかもしれませんが、聞いてみなさるといい。私からも一筆書いてあげましょう」

ルーカおやじも、ミロク教徒らしく親切であった。

幸いにしてこのおやじのいとこの宿には、室があった。それこそ屋根裏であったが、当面数日ならば泊まれる、という。ヨナたちは喜び、予約をして、急いでイオの館に戻って、店の使用人にイオへの伝言を頼み、荷物をまとめにかかった。いまこの機会をはずしたら、もうまもなく大祭の開かれるこの都であらたな宿を求めることはとうてい無理であっただろう。

が、かれらがそうして支度している最中、いきなり激しいノックの音とともに、ドアがあいた。入ってきたのは、血相をかえた――が、その血相をなんとか温厚そうに押し殺そうとした、イオ・ハイオンであった。

「何ですと?」

いきりたっているのを隠そうとしながら、イオはけわしく二人にいきなりとがめだてた。

「宿を見つけた？　とんでもない！　あなたがたは私の客人です！　ここから出ることはなりません。ここより、よい待遇の宿など、見つけられるわけもありませんよ。悪いことは申しません。どこに見つけたか知りませんがそんな宿は、いますぐ断ってしまいなさい。うちの者を出して断らせましょう。何がご不満です？　何か不足でも？　この家にならば、半年でも一年でも無料で滞在していただいていいと、あれほど云っているではありませんか。まさかミロクのもっともいとわれる忘恩の徒になられるおつもりではありますまい。あなたがたをおもてなしするのは私の義務です。まだあなたがたとは何も知り合っておりません。ここにいなさい——あなたがたは、それが一番いいのです」

スカールとヨナは、思わず顔を見合わせた。かれらは、この家の《虜囚》になってしまったのだ。

エルロンのことばは嘘ではなかった。

あとがき

栗本薫です。二ヶ月のご無沙汰でした。「グイン・サーガ」第百二十七巻「遠いうねり」をお送りいたします。

ちょっと変わったタイトルになりましたが、なんといったらいいか、「まだ近くにはきていないけれども、遠いあちこちで巨大な津波の起ころうとしている気配が見える」というような、そんな巻ですね。そうして、いよいよミロク教徒の聖地であったはずのヤガは、あやしの町としての新しい姿を見せつつあります。

この四月五日にグインのアニメ放送がBSでスタートして以来、やはり注目度が急にあがったというか、グインについての話題も多くなり、インタビューなどもじわじわ増えましたが、それとはうらはらに当人はいたって景気の悪い日々を過ごしておりました(苦笑)アニメのプレミアロードショーがあって以来、べつだんそのせいでというわけでもなく、ほかにもいろいろなイベントやライブなどがあったのですが、そういうものがあるたんびに疲れて、その疲れのとれるのがだんだん遅くなっていって、最初は二日でとれた疲れがいまだと三日、さらには四日目にまで尾をひく、という感じで、とうとうライブは当面中止になりましたが、腕の筋肉とかが全部落ちてしまったものですから、タイプしたり、ピアノ弾いたり、これまで苦もなく出来ていたことが、とても辛いんですね。これまで、自分の腕力というか筋力には、大学時代のパーカッシブ・ピアノで鍛えてきた、という自信をもってやってきただけに、これはなかなか辛かったです。一回ライブやったり、一日仕事でキーボード打ったりするとその夜、腕が痛だるくてどうにもならない、というのは。それでずっとバンテリンのお世話になるやら、自分で少しでも筋肉を復活させようとベッドの上で一生懸命つたなく筋トレともいえないような運動で腕をふりまわすのですが、なかなかその程度では筋肉が戻ってくれるというわけにはゆかないものでありますねえ。

そこへもってきて、この四月末には、今岡さんの入院と手術、という突発イベント(イベントなのかい)がありまして、それでまた、まったく調子が狂ってしまいました。それまでもなんとか、ない体力と落ち込みやすい気力とをだましつつあやしつつ、なんとかかんとかつじつまをあわせてきたのですが、そこにもってきて、ずっと誠実に介護してくれてきた旦那さんが初期とはいえ胃ガン発見、ということになると、これはもう、笑うっきゃない、という感じで、まさしくたぶん今岡家はいまがどん底の衰運期にいるんでしょうねえ。

私はもともと、気が小さいからだと思いますが、そういう占いというものをあまり好きません。池波正太郎さんなど、気学であらかじめ自分の今年の運勢について占って、その結果にそって今年はあまりいろいろなことに手出ししないようにしようとか、いろいろと考えられていたようですが、私は逆で、出来ることなら、もし本当に悪い運勢が出ているのだったら出ているほどに、「それはいいから聞かせないでくれ」と思ったりします。きいてもどうなるというものでもないし、それに、そう、地震速報とか、「あと五分で大地震がきます！」といわれたところで、しょうがないじゃないですか。まあ出来るのは火を消したりなんとか身の回りの大事なもの、私の場合はすべての入っているUSBメモリーってことになるんでしょうが、それを握りしめて、家族身をよせあってなんとかして災害の小さからんことを祈る、というくらいしか出来ないんじゃあないかと思う。いい占いならまだいいんですけどね。だから、「私にはいい占いだけきかせといて頂戴」と思ったりします。どうせ、たとえ方角が悪いと云われようが時期が悪いといわれようが、どうしてもしたかったらひとのいうことなんか聞かずに敢行してしまう人間なんですから。

それでもこのいまのマンションを買ったときには、母親が親戚の占い師さんから「三ヶ月入居を待たせなさい。でないと悪いことが起こる」といわれた、というので、それはあまりに母親がやいやい云うのでおとなしく三ヶ月待ちましたよ。私よりもっとそういうのが「科学的合理主義」の時代に育って抵抗のあるうちの旦那はぶうぶう云っていましたが、驚いたことにその三ヶ月のあいだに、そのマンションに空き巣が入りまして、何もないから何もとられなかったのですが、これも一方から見れば「それ、見たことか、だから親のいうことをきいてしばらく待ったから強盗にあわないですんだんだ」という考え方と、「いや、もう入居してしまっていれば《空き巣》は入らなかったはずだ」という考え方とありますしねえ。そのどっちの考えかたをとるかはまことにその人しだいで、どっちが正しかったのか、どうしたら本当はどうなったのかは、所詮人間にはわかりません。池波さんも、気学では「六十歳をすぎたら八十歳までは生きる」「この家では死なない」といわれたそうですが、結局六十代で亡くなられましたし、確かに御自宅では亡くならなかったですが、それは病院で亡くなったわけで、「違う家で亡くなった」という話ではなかったわけです。

まあそれやこれや考えつつも、それでもお正月に初詣にゆくとついついおみくじなんかひいてしまう、ごく素直な素朴な人間でもあるわけなんですが……でもいまがもし今岡家の衰運期間なのであるとしたら、それが過ぎてくれればちょっとはいいことがあるだろうと、それだけを楽しみに、嵐のときにはじっと頭をさげて耐え忍んでいるしかありませんね。旦那さんがよくMCだの結婚式のスピーチのジョークだのでいうように「人生には、雨の日もあれば嵐の日もあります。台風のときもあれば大嵐のときもあります」って、「それじゃいいときがねえじゃねえかよォ」っていう落ちになるわけなんですが、おりもおりけさの新聞には「春の叙勲」かなんか、紫綬褒章とか、そういうのが発表されておりまして、ああ、自分たちは所詮そういう栄燿栄華とかとはまったく無関係に市井のかたすみでひっそりと（笑）ご存じのかたにのみ御贔屓していただいて、しんみりと身をよせあって生きてゆけばいいんだろうなあと、うちの父親はまあ、勲三等かなんか頂戴しておりますが、あれは実業家だからで、エンタメ作家なんてものはそれこそ市井のかたすみで自分のやりたいことを地道にひそひそとやってるんだよなあ、と思ったり――最近時めいている作家さんたちを見ても、なんとなく、ああ、とてもそういうものが遠い感じになってきたなあ、というような、それよりも、もしかしてもうあまりあとがないかもしれない身辺を、自分の好きなものでうずめつくして、ちょっとした可愛いものだの、きれいなもの、美しいもの、愛らしいもの、好きなもの、それだけに包まれていたい、もうがさつなのや乱暴なのや荒くれたのや、強烈な自己主張だの突っかかってくる議論だの、何もかもそんなのは沢山だ、という気持がいま一番大きいですねえ。なんかいまの自分のキーワードをひとことでいえば「ひっそり」という感じになると思うので、とうとう先日は旦那の手術が終わってICUにゆくのに、病院内を歩けなくって車椅子に乗っちゃいましたし、ケースは全然違うんだけれどダイオジェニスみたいなというか、世捨て人というか、まあもうこの世の栄枯盛衰は、自分にとってはグインの世界のなかの栄枯盛衰だけでいいや、と思えてきました。そのかわり、その栄枯盛衰だけは、まだまだしみじみと続いていってほしい、と思うあいだはまだ、とりあえず最低限は「現役」なのかもしれませんけれどもね。

なんか、「ああ、もっと早くこうしてればよかったんだなあ」なんていう気がしたりして――こうしてれば、ってのが「どうしてれば」のことなのか、わかりませんが、泥酔して全裸になって咆哮していたという芸能人氏や、次々と総理がかわるたびにひたすら揚げ足をとって悪口雑言をいって引きずり降ろしては「支持率が下がった下がった」と喜んでいる(としか思えない)マスメディアや、何をいったかわからないけれど芸能界からホサれかけてるというスターさんや、ネットいじめで自殺してしまう韓流のスターさんとか、そういう寝覚めのわるい話題を新聞やMIXIで見るたんびに、ほんとに「ああ、もっと早く羽化登仙してればよかったね」と思いますねえ。所詮この世はまだ生々しい肉欲というか、欲望や野望のある人の住むところ、私はもう、山奥で春の訪れ、秋のきざしをめでながら、物語のなかだけでの栄枯盛衰をつむいでいたいものだ、と思ったりします。

とりあえず旦那の手術も無事すみまして、これでもうあと二、三ヶ月もすればなんとか無事に普通の生活に戻れるのでしょうが、それにしても本当になんだかいまの世界って、おかしなところになっちゃいましたね。町を歩く人はみんなものすごくつんと顎をあげているか、ものすごく不機嫌な顔をしているし。やっぱり一九九九年で本当は、世界とはいわず、《何か》が終わったのかもしれないなあ。そうだったとしても、だからどうだ、というようなものだけれど。

またしても暗い、というより景気の悪いあとがきになってしまったかもしれません。次には、もうちょっとは元気のいいあとがきをお送りしたいものと思います。まあ話の展開そのものも、なかなか暗いというか妖しくはなりつつあるんですけれどもねえ（笑）

二〇〇九年四月二十九日（水）　昭和の日

ダーティペア・シリーズ／高千穂遙

ダーティペアの大冒険

銀河系最強の美少女二人が巻き起こす大活躍
大騒動を描いたビジュアル系スペースオペラ

ダーティペアの大逆転

鉱業惑星での事件調査のために派遣されたダ
ーティペアがたどりついた意外な真相とは？

ダーティペアの大乱戦

惑星ドルロイで起こった高級セクソロイド殺
しの犯人に迫るダーティペアが見たものは？

ダーティペアの大脱走

銀河随一のお嬢様学校で奇病発生！　ユリと
ケイは原因究明のために学園に潜入する。

ダーティペア　独裁者の遺産

あの、ユリとケイが帰ってきた！　ムギ誕生
の秘密にせまる、ルーキー時代のエピソード

ダーティペア・シリーズ／高千穂遙

ダーティペアの大復活

ユリとケイが冷凍睡眠から目覚めたら大変なことが。宇宙の危機を救え、ダーティペア！

ダーティペアの大征服

ヒロイックファンタジーの世界を実現させたテーマパークに、ユリとケイが潜入捜査だ！

ダーティペアFLASH 1 天使の憂鬱

ユリとケイが邪悪な意志生命体を追って学園に潜入。大人気シリーズが新設定で新登場！

ダーティペアFLASH 2 天使の微笑

学園での特務任務中のユリとケイだが、恒例の修学旅行のさなか、新たな妖魔が出現する

ダーティペアFLASH 3 天使の悪戯

ユリとケイは、飛行訓練中に、船籍不明の戦闘機の襲撃を受け、絶体絶命の大ピンチに！

クラッシャージョウ・シリーズ／高千穂遙

連帯惑星ピザンの危機

連帯惑星で起こった反乱に隠された真相をあばくためにジョウのチームが立ち上がった！

撃滅！ 宇宙海賊の罠

稀少動物の護送という依頼に、ジョウたちは海賊の襲撃を想定した陽動作戦を展開する。

銀河系最後の秘宝

巨万の富を築いた銀河系最大の富豪の秘密をめぐって「最後の秘宝」の争奪がはじまる！

暗黒邪神教の洞窟

ある少年の捜索を依頼されたジョウは、謎の組織、暗黒邪神教の本部に単身乗り込むが。

銀河帝国への野望

銀河連合首脳会議に出席する連合主席の護衛を依頼されたジョウにあらぬ犯罪の嫌疑が⁉

谷　甲州の作品

惑星CB-8越冬隊

極寒の惑星CB-8で、思わぬ事件に遭遇した汎銀河人たちの活躍を描く冒険ハードSF

終わりなき索敵 上下

第一次外惑星動乱終結から十一年後の異変を描く、航空宇宙軍史を集大成する一大巨篇！

遥かなり神々の座

登山家の滝沢が隊長を引き受けた登山隊の正体は、武装ゲリラだった。本格山岳冒険小説

神々の座を越えて 上下

友人の窮地を知り、滝沢が目指したヒマラヤの山々には政治の罠が。迫力の山岳冒険小説

パンドラ〔全四巻〕

動物の異常行動は地球の命運を左右する凶変の前兆だった。人間の存在を問うハードSF

神林長平作品

あなたの魂に安らぎあれ
火星を支配するアンドロイド社会で囁かれる終末予言とは!? 記念すべきデビュー長篇。

帝王の殼
携帯型人工脳の集中管理により火星の帝王が誕生する——『あなたの魂〜』に続く第二作

膚《はだえ》の下 上下
無垢なる創造主の魂の遍歴。『あなたの魂に安らぎあれ』『帝王の殻』に続く三部作完結

戦闘妖精・雪風〈改〉
未知の異星体に対峙する電子偵察機〈雪風〉と、深井零の孤独な戦い——シリーズ第一作

グッドラック 戦闘妖精・雪風
生還を果たした深井零と新型機〈雪風〉は、さらに苛酷な戦闘領域へ——シリーズ第二作

神林長平作品

狐と踊れ

未来社会の奇妙な人間模様を描いたSFコンテスト入選作ほか六篇を収録する第一作品集

言葉使い師

言語活動が禁止された無言世界を描く表題作ほか、神林SFの原点ともいえる六篇を収録

七胴落とし

大人になることはテレパシーの喪失を意味した——子供たちの焦燥と不安を描く青春SF

プリズム

社会のすべてを管理する浮遊都市制御体に認識されない少年が一人だけいた。連作短篇集

完璧な涙

感情のない少年と非情なる殺戮機械との時空を超えた戦い。その果てに待ち受けるのは？

神林長平作品

太陽の汗

熱帯ペルーのジャングルの中で、現実と非現実のはざまに落ちこむ男が見たものは……。

今宵、銀河を杯にして

飲み助コンビが展開する抱腹絶倒の戦闘回避作戦を描く、ユニークきわまりない戦争ＳＦ

機械たちの時間

本当のおれは未来の火星で無機生命体と戦う兵士のはずだったが……異色ハードボイルド

我語りて世界あり

すべてが無個性化された世界で、正体不明の「わたし」は三人の少年少女に接触する——

過負荷《カフカ》都市

過負荷状態に陥った都市中枢体が少年に与えた指令は、現実を〝創壊〟することだった⁉

神林長平作品

猶予の月 上下
姉弟は、事象制御装置で自分たちの恋を正当化できる世界のシミュレーションを開始した

Uの世界
「真身を取りもどせ」――そう祖父から告げられた優子は、夢と現実の連鎖のなかへ……

死して咲く花、実のある夢
本隊とはぐれた三人の情報軍兵士が猫を求めて彷徨うのは、生者の世界か死者の世界か？

魂の駆動体
老人が余生を賭けたクルマの設計図が遠未来の人類遺跡から発掘された――著者の新境地

鏡像の敵
SF的アイデアと深い思索が完璧に融合しあった、シャープで高水準な初期傑作短篇集。

小川一水作品

第六大陸1

二〇二五年、御鳥羽総建が受注したのは、工期十年、予算千五百億での月基地建設だった

第六大陸2

国際条約の障壁、衛星軌道上の大事故により危機に瀕した計画の命運は……。二部作完結

復活の地I

惑星帝国レンカを襲った巨大災害。絶望の中帝都復興を目指す青年官僚と王女だったが…

復活の地II

復興院総裁セイオと摂政スミルの前に、植民地の叛乱と列強諸国の干渉がたちふさがる。

復活の地III

迫りくる二次災害と国家転覆の大難に、セイオとスミルが下した決断とは？　全三巻完結

ハヤカワ文庫

原尞の作品

そして夜は甦る
高層ビル街の片隅に事務所を構える私立探偵沢崎、初登場！　記念すべき長篇デビュー作

直木賞受賞
私が殺した少女
私立探偵沢崎は不運にも誘拐事件に巻き込まれる。斯界を瞠目させた名作ハードボイルド

さらば長き眠り
ひさびさに事務所に帰ってきた沢崎を待っていたのは、元高校野球選手からの依頼だった

愚か者死すべし
事務所を閉める大晦日に、沢崎は狙撃事件に遭遇してしまう。新・沢崎シリーズ第一弾。

日本冒険小説協会賞最優秀短編賞受賞
天使たちの探偵
沢崎の短篇初登場作「少年の見た男」ほか、未成年がからむ六つの事件を描く連作短篇集

著者略歴　早稲田大学文学部卒
作家　著書『さらしなにっき』
『あなたとワルツを踊りたい』
『ヤーンの選択』『黒衣の女王』
（以上早川書房刊）他多数

HM=Hayakawa Mystery
SF=Science Fiction
JA=Japanese Author
NV=Novel
NF=Nonfiction
FT=Fantasy

グイン・サーガ⑫⑦
遠《とお》いうねり

〈JA957〉

二〇〇九年六月十　日　印刷
二〇〇九年六月十五日　発行

（定価はカバーに表示してあります）

著　者　栗《くり》　本《もと》　薫《かおる》
発行者　早　川　浩
印刷者　大　柴　正　明
発行所　株式会社　早　川　書　房
郵便番号　一〇一 - 〇〇四六
東京都千代田区神田多町二ノ二
電話　〇三 - 三二五二 - 三一一一（大代表）
振替　〇〇一六〇 - 三 - 四七七九九
http://www.hayakawa-online.co.jp

印刷・株式会社亨有堂印刷所　製本・大口製本印刷株式会社

ISBN978-4-15-030957-2 C0193